有象利路

ILLUST かれい

賢《けん》勇《ゆう》者《しゃ》 シコルスキ・ジーライフの大いなる探求

Great Quest For The Brave-Genius Sikorski Zeelife

～愛弟子サヨナのわくわく冒険ランド～

GREAT QUEST FOR THE BRAVE-GENIUS SIKORSKI ZEELIFE

Contents

Designd by Kai Sugiyama (Kusano Design)

THAT WAS THE ORIGIN OF
ALL TRAGEDY.

OSAGARI

※本作に使用されております「COMIC快楽天」の表紙画像は、株式会社ワニマガジン社様のご協力のもと、
使用させていただいております。この場をお借りしまして深く御礼申し上げます（編集部）。

ヤバい
変態共《ヤツら》が、
群れで
やってくる。
『賢勇者』を訪ねた変態騎士
ハマジャック
Hamajack
名前がよりヤバイ
アーデル
Adell-modell Soro

弟子入りした少女・サヨナ。
優しい師と仲間に囲まれ、
彼女は幸せな日々を――
ちょっと名前が意味深な
最強の『賢勇者』さま
シコルスキ・ジーライフ
Sikorski Zeelife
シコルスキを頼る
魔王の娘
カグヤ
Kaguya
バストが少しコンプレックス？な
美少女弟子
サヨナ
Sayona
シコルスキの相棒にして
敏腕行商人
ユージン・F・ライエンド
Eugene F Liend

賢勇者シコルスキ・ジーライフの大いなる探求

～愛弟子サヨナのわくわく冒険ランド～

Great Quest For The Brave-Genius Sikorski Zeelife

有象利路

ILLUST かれい

THAT WAS THE ORIGIN OF ALL TRAGEDY.

第一話◎救水《すくみず》と弟子

Great Quest
For
The Brave-Genius
Sikorski Zeelife

最難関ダンジョンと呼ばれる『欲望の樹海』を抜けたその先に、穏やかな草原が広がっているということを知る者は数少ない。熟練の冒険者でさえ、半端《はんぱ》な覚悟で挑めば生きて帰れぬような魔境である。踏破すること自体が、まさに命を賭けた挑戦となるだろう。

ならば、その草原にぽつんと佇《たたず》む一軒家の存在を知る者は、果たしてどれだけいるのか——

「ここか」

謹厳《きんげん》な面持ちをした、重鎧《じゅうよろい》に身を包んだ騎士。壮年期を過ぎた程の年齢は、既に騎士としての全盛期をとうに終えている。だが、この地まで無傷で至ったというその事実だけで、この男の持つ実力を否《いや》が応《おう》でも肯定できるだろう。

騎士は小さく呟《つぶや》き、そして目の前の扉に取り付けられている、啄木鳥《きつつき》を模したドア・ノッカーを握り締め、数回鳴らした。すると——

「はい、どちら様でしょう？」

小さく扉が開くと、そこには小柄な少女が立っていた。体躯《たいく》に差があるので、少女は見上げるようにして来訪者を注視している。瑠璃色の長髪が、降り注ぐ陽光に照らされて、まるで虹のような色を返す。まだあどけない顔立ちだが、自分に娘が居ればこのくらいの年齢になるだろう——と、独り身の騎士は心中で独りごちる。

いずれにせよ、容姿端麗な美少女に迎えられて、気分を害する男は居るまい。騎士は一度咳《せき》払《ばら》いをし、片膝で立つと、そのまま頭《こうべ》を垂れた。さながら忠節を尽くすようなその姿勢に、少女は慌てた様子で扉を全て開く。

「某《それがし》は『チャース・ノーヴァ国』より参った、騎士の《ハマジャック》と申す。ここに、かの高名な賢勇者である《シコルスキ・ジーライフ》殿が隠遁《いんとん》生活を送っていると聞き及び、無礼を承知で参った次第。是非に、お目通りを願いたい」

「そんなかしこまらなくっても大丈夫です！　いいですよ、先生どうせ暇ですし！　どうぞどうぞ！　こちらへ！」

軽い調子で、少女が屋内へと手招きする。彼女は小間使いか何かだろうか。賢勇者《けんゆうしゃ》は独居の身であると聞いていた騎士ハマジャックは、多少の疑問を抱きつつもその案内に従う。

あまり広い家ではないが、それでも外装からは考えられない程に小奇麗だった。常に来客を想定しているのだろうか、隅々まで清掃が行き届いている。もっとも、賢勇者が住む家と考えれば、随分と平凡なように思えたが、口に出すのは憚《はばか》られた。

「こちらにかけてお待ちください。すぐに先生を呼びますので！」

「かたじけない」

「いえいえ、お気になさらず」

にっこりと少女は微笑《ほほえ》んだ。つられて騎士も笑みを返す。それを認めた少女は、踵《きびす》を返《かえ》して家主を呼びに走った。

連れられた部屋は、応接間と呼ばれる場所のようだった。革張りのチェアが、木目調のローテーブルを挟んで二脚ずつ、対面して置かれている。両開きの窓には花瓶と、そこに活《い》けられた花が彩《いろど》りを添えていた。他には特に目立つような物はないが、どこか落ち着く部屋である。

「ちょっと先生ええええええ!!」

先程の少女のものと思《おぼ》しき声音が、絶叫という形で突如響いた。次いで、二人分の足音が、ドタドタとこちらへ近付いてくる。

そして、扉が開け放たれ——

「お待たせしました。シコルスキです」

——一糸纏《まと》わぬ、清々《すがすが》しいまでに裸族の青年が、爽やかな笑顔で現れた。

「何で服着てないんですか!!　裸でうろちょろするのやめてくださいって言ったでしょう!?」

「そして彼女は弟子のサヨナくん」

「あ、どうも……じゃない!　こんな形でサラッと紹介しないで!!」

「こういうのはツカミが大切なんですよ」

「何も摑《つか》めてないんですけど……！」

弟子から咎《とが》められてもまるで気にせずに、賢勇者と呼ばれるその青年は笑い飛ばす。

賢勇者は腰にまで届きそうな程に長い銀髪を、一纏《ひとまと》めにして垂らしている。手入れは不十分なのか、所々が枝毛として跳ねているが、整った容姿がそれを帳消しにしていた。あまり容姿に関しては話に上らない男であったが、ちゃんとすれば――服を着れば――かなりのものがあるだろう。状態が状態なので、シコルスキはその体型を包み隠さず披露しているが、隠遁《いんとん》生活を送っている割には身体《からだ》が引き締まっており、背丈も手足も長い。この辺りは『勇』の血によるものだろうと、騎士は一人納得した。

しかし、客人を迎える対応としては、最悪を超えて最早《もはや》禍々《まがまが》しさすらある。賢勇者の無礼に対し、厳しい顔をした騎士はゆっくりと椅子から立ち上がって、こちらを睨《ね》め付《つ》けた。

「ほらあ！　お客様も怒ってますよ！　すぐ謝って、服を着てください！」

「まあ、そう言わずに。これが我々の流儀ということにして、サヨナくんも脱げばどうです？」

「ありえない形で脱衣を促してきた‼」

「………………」

腰に差した剣に、騎士が手を掛ける。よもや無礼討ちかと思った弟子サヨナだったが、騎士は無言でその剣を床へと落とす。顔は未《いま》だ真剣そのもので、ヘラヘラしている師、シコルスキへと無言の鉄拳制裁を下すつもりなのかもしれない。（それは是非そうして欲しいとも思った）

騎士は小さく何かを呟《つぶや》いた。僅かな魔力の動きを、賢勇者とその弟子は感じ取る。

「え……？」

次いで、ガシャンガシャンと部屋に響く重低音。騎士が身に着けていた、威容を誇るその黒き重鎧《じゅうよろい》は、さながら脱皮のごとく分離しては落ちていき――

「同志と、お見受け致す」


――数秒後、そこには全裸の毛深いおっさんが、腕組みをして突っ立っていた。

「イヤアアアアアアアアアアアアアアアアアアアアアアアアアアア‼」

「ははは、どうやら相手の流儀でもあったようですね」

ここは、魔境の先にある、賢勇者の住処《すみか》。

知る人ぞ知る、知と恥がまばゆく輝く場所。

いつか、誰かが、その家をこう呼んだという――変態の集積地、と。

*

「改めまして、初めまして。賢勇者の《シコルスキ・ジーライフ》です。何だか遠いところか

らいらしたようで。結構な難所だったでしょう？　ウチの樹海」

「いやはや、強力な魔物ひしめく、まさしく魔境と呼ぶに相応《ふさわ》しいダンジョンであり申した。某《それがし》の腕を以《も》ってしても、幾度となく危機に陥った程です」

「同じく初めまして……。先生の弟子の、《サヨナ》と申します。えーっと、その……」

「どうなされた？」

「……あんまりこっち見ないでください……」

和やかな雰囲気で、机を挟んで談笑する二人の男。かたや激戦を幾度も潜《くぐ》り抜《ぬ》けた熟練の騎士、かたや世界に名を轟《とどろ》かせる賢勇者である。人によれば萎縮してしまうような空間に、別の意味で萎縮した弟子が顔を伏せていた。

どれだけ言っても、この二人の変態は服を着なかったのである。

横を向いても前を向いても、全裸の男しか居ない。ヘヴィな状況だった。

「ハッハ、これはあいすまん。かの賢勇者シコルスキ殿に、某《それがし》のことを心より出迎えて頂けたことにいたく感激し、同じ礼儀で返した次第。郷《ごう》に入れば郷《ごう》に従えとは、まさにこのこと」

「そんな郷《ごう》はここにはありません！　業《ゴウ》の間違いじゃないですか⁉」

「客人に食って掛かるのは感心しませんねえ、サヨナくん。郷《ごう》に入れば郷《ごう》に従え——良《い》い言葉じゃありませんか。ここは一つ、君も従うべきでは？」

「だから何でさっきからわたしも脱がそうとするんです⁉」

「心配めされるな、サヨナ氏《うじ》。某《それがし》は小娘相手では勃《た》たん」

「そんな心配してないんですけど!!」

「ハッハ、これはあいすまん」

(な、何だこのアイスマン……!?)

苦々しい顔で、サヨナは騎士へと侮蔑の瞳を向ける。第一印象にあった、真面目で厳格な騎士の中の騎士――という幻想はとうにぶち殺されている。っていうか、鎧《よろい》も脱いで剣も放り投げた全裸のおっさんなど、最早《もはや》騎士と呼ぶのもおこがましい。ただの変態《おっさん》である。

そんなアイスマン……もとい、ハマジャックは、改めてごほんと咳払《せきばら》いをした。

「某《それがし》がここへ来たのは、一つ賢勇者殿に相談事がある故。誰にも打ち明けられぬこの悩みを、賢勇者殿ならば見事解決して頂けるのでは、と思い、ここへ参った次第」

「ふむ。まあ、僕に出来ることなど限られてはいますが――それでも、わざわざ訪ねて頂いたお客人を、回れ右させて帰らせるほど無情でもありません。いいでしょう、どんな悩みでもお伺いしますよ。それなりの報酬は頂くことになりますけどね」

「それは承知の上。少々長い話ではあるが、お付き合い頂きたい」

(門前払いだけは絶対にしないのは、先生の凄《すご》いところだけど……)

遠くを見るように、天井を見上げながら、ゆっくりとハマジャックが語り始める。

「――全裸で重鎧《じゅうよろい》を着たら最高に気持ち良いことを、諸兄はご存知のことだろう」

（何で来る人来る人、みんな変人ばかりなの……）

しっかりと耳を傾けているシコルスキの横で、半眼《はんめ》のサヨナは、眼前のおっさんが語るエピソードを、それなりに聞きつつ脳内で要約した。

曰《いわ》く、ハマジャックの祖国であるチャース・ノーヴァ国は、騎士団の強さで有名な国らしい。その辺りはサヨナも知っていたことだったが、この全裸のおっさんは、その騎士団のトップに立つ、まさに騎士の中の騎士であるという。鎧《よろい》を着ていた時にサヨナが抱いた印象は、一分も違《たが》わず合っていたことになるのだが――尚更《なおさら》サヨナは落胆することになった。なんでだ、と。

で、その騎士の中の騎士であるおっさんが先程まで身に着けていた重鎧《じゆうよろい》だが、これはチャース・ノーヴァ国が現在開発している新型鎧《よろい》で、『パージ・アーマー』と呼ばれるものらしい。特定の呪文を唱えると、一挙に鎧《よろい》の着脱が可能になるそうだ。重鎧《じゆうよろい》ともなると、着るのも脱ぐのも煩わしいので、その手間を一度に解消する画期的な手段である。

「試験運用は済み、間もなく本格支給段階に入る頃合いで、某《それがし》は王の御前でパージ・アーマーの実演を行うことになった」

この鎧《よろい》は、武力で鳴らしているチャース・ノーヴァ国にとって、商業面でも覇を狙えるものであった。彼の国の屈強な騎士達《たち》が使う武具は、元々商業的価値が高い側面もあったが、それに加えて全く新しい機構を有した新型鎧《よろい》である。上手《うま》くやれば相当な利益を生むだろう。

なので、実演の場に於《お》いては、自国の王のみならず他国の王族や貴族、豪商達《たち》が多く招聘《しようへい》されていた。まさにチャース・ノーヴァ国の国運を賭けた計画だったのだ。

「そうして、某《それがし》は見事に『パージ・アーマー』の性能を披露してみせたのだが——」

脱げた鎧《よろい》と共に現れたのは、高名な騎士の一糸纏《まと》わぬ裸体であった、というわけである。

その場に居なかったサヨナですら分かる。恐らく会場はとんでもない空気になったのだろう。鎧《よろい》が瞬時に脱げたことよりも、脱げた結果、毛深いおっさんが出現したという衝撃の方が大きかったのだ。国一番の騎士の性癖が、国の威信を懸けた場で曝《さら》け出《だ》されたのだ。もう鎧《よろい》がどうこういう問題ではない。

サヨナは考えただけで頭が痛くなった。

「何で下に何も着てなかったんですか……？　ちょっと考えれば分かるはずでは……」

「騎士道とはッ！　己を曲げずに貫き通すことに在るッ！」

「全裸鎧《よろい》の快楽には勝てなかった、と」

「格好良く言ったたって無駄ですよ⁉」

後悔はない、と騎士は語る。お前に後悔はなくても王は後悔したことだろう、と弟子は思う。

これまでの功績や現在の身分を鑑《かんが》みた結果、ハマジャックは本来余裕で死罪になるところを、何とか禁錮刑で済んだらしい。相当な減刑処置であるのは言うに及ばずである。

しかし国のメンツを文字通りぶっ潰したわけなのだから、そこは無理をしてでもこの変態を殺《や》っておくべきではなかったのか——と、やや過激なことをサヨナは考えた。

「王は某《それがし》が熱病に冒されており、あの日は体調が優れず、そして病によりまともな思考が出来ていなかった故の蛮行である、と各位へ釈明した」

「子供の言い訳のようですねえ。一国の王らしくもない」

「いや、この人がまともな思考が出来てないのは普通に事実じゃないですかね……？」

「近日中に、再度実演会が行われる運びとなり申した。そこで、賢勇者殿に頼みたいことは」

「――何かしらの衣服を作ってくれ、というわけですか。全裸鎧《よろい》の快楽にも勝るような、ね」

「話が早い。流石《さすが》は賢勇者殿。万事その通りで」

「何でまだこの人に実演させるんですか？　他の人にすればいいのに……」

「ハッハ、これはあいすまん。某《それがし》はこう見えて負けず嫌いにある。一度の失敗では歪《ゆが》まぬ」

（既に歪《ゆが》みきってるから、もうこれ以上歪《ゆが》みようがないのでは……）

「ハマやん氏は他国にもその名が知れ渡っていますからね。そういう方面に疎《うと》いサヨナくんは知らないかもしれませんが、鎧《よろい》とハマやん氏の相性は、褐色エルフと巨乳ぐらい良《い》いのですよ」

「股に来る比喩、感服致す」

（部屋に帰りたい）

ハマジャックは別段、全裸鎧《よろい》にそこまでのこだわりはないと言う。ただ、全裸鎧《よろい》に勝る快感が得られない以上は、たとえ王の御前であろうとそのスタイルを変えることはないらしい。

次やらかしたら多分死刑であると、騎士は笑いながら述べた。何で笑ってんだこのおっさん、とサヨナは完全に引いていたが、その辺りの豪胆さは歴戦の騎士が故のものなのかもしれない。

「良《い》いでしょう。ハマやん氏が死刑にならないように、衣類を用意します。その上で、ハマやん氏の股ぐらジャックくんが満足出来るような機構も考えてみます。日数は——そうですね、大体三日ほどあれば充分かと」

「ハマやん氏だの股ぐらジャックくんだの、ちょっと失礼なのでは……」

「ハッハ、構わぬ。某《それがし》も若い頃は、ハートフルチンのハマちゃんとして、地元でブルンブルンとイわせていたものよ」

「その時どうして国は逮捕しなかったんですか、この人を」

「昔から強かったのでは？　さて、ハマやん氏。三日間ですが、どうされますか？　ウチは空き部屋がまだあるので、完成までの間、泊まって頂いても構いませんよ」

　そうシコルスキが提案すると、サヨナが全力で首を真横に振った。

「ダメです先生。この人は帰らせてください。一生のお願いです」

「まだ一話ですけど、もう一生のお願いを使うのですか？」

「先生が何を言っているのか分かりませんが、使います」

「歓待は身に沁《し》みいるが——」

「してないですけど!?」

「――某《それがし》も多忙な身。今日はこの辺りでお暇《いとま》させて頂こう。三日後、必ず参ります故」

それを聞いて、サヨナはホッと胸を撫《な》で下《お》ろした。

師であるシコルスキだけでも、日中全裸でうろちょろするからアレなのに、そこにおっさんも加わったら地獄絵図でしかない。その辺りの配慮を、残念ながらシコルスキは全くしないので、ハマジャック自ら帰ってくれるのならば、それに越したことはない。

一応分別はあるのか、ハマジャックは鎧《よろい》を再び装着し――一瞬で全裸のおっさんの姿が再び鎧《よろい》に包まれたのを見て、サヨナは確かにこれが凄《すご》いものであると感じた――深く一礼して、樹海の方へと歩いて行った。あそこは遠慮なく魔物が出る以上、全裸では危険だと判断したのだろう。もう全裸が好きなのか、全裸で鎧《よろい》を着るのが好きなのか、わけが分からなくなった。

「ハマやん氏もまた、大きな歪《ゆが》みを抱えつつも、それを貫こうと足掻《あが》いているわけです」

「な、なんですか急に」

「いや、深い理由はありませんよ。君がここに来て、もう一ヶ月になる。そろそろ慣れていかないといけない頃合いですから。今すぐに、とは言いませんがね」

「努力はしますけど……。あの、一応わたし、年頃の女の子ですからね？　毛むくじゃらの裸のおじさんを前に、平然と対応しろって方が無茶ってことだけは、先生に理解して欲しいです」

「それじゃあ工房へ行きましょうか」

「無視かい」

＊

シコルスキの住居は、一軒家である『本宅』と、そこから少しだけ歩いた先にある『離れ』で構成されている。前者は主に日常生活で使い、後者は工房として、このように妙な依頼が舞い込んだ時や、シコルスキの創作意欲がムラムラと湧いた時に使用される。

歩きがてら、シコルスキはようやく引っ掛けてあったローブを裸体の上から纏《まと》い、多少は外に出ても許される格好になる。理知的で理性的で思慮深い、まさに賢者と呼んで差し支えない変人——それがシコルスキという人物だと、サヨナはこの一ヶ月で学んだ。

「さて、今回の依頼を改めて確認しておきましょうか」

「ここまで改めたくない依頼ってあるんですね」

「依頼人は歴戦の騎士、他国にすらその名が知れ渡るハマやん氏。で、そのハマやん氏は、鎧《よろい》を全裸で着ることによる快楽に堕《お》ちた、悲しき迷い子です」

「永久に迷い続ければいいのに……」

第一印象だけは良かったので、尚更《なおさら》サヨナはそう思う。

基本的に、シコルスキは他人の悩みに対して非常に真摯だ。元々の人柄が良《い》いのか、それとも何かの裏があるのかは、今のところサヨナには推し量れない。だが、相手がどれだけ変人だろうと、それを否定せずに真正面からその悩みを共有し、解決策を導き出す。賢勇者と呼ばれているのは伊達《だて》ではないのである。

「次の実演会までに、彼が納得するような衣類を渡さねば、彼は死罪になる。相手がたとえ主君たる王であっても、己自身と快楽を偽り権力におもねるような真似《まね》を、騎士たるハマやん氏は決して許さないからです。これは彼の、命を懸けた願いですよ」

「どうして素直に『死にたくないし快楽も止めたくないから何とかしてくれ』って言わないんですか?」

師匠と弟子の間には、随分と温度差があるようだった。ふふ、とシコルスキは苦笑する。

「それが男の子だからです」

「多分わたしの父よりも年取ってますよあの人!?」

「で、まあ、さっきから考えていたのですが。実はもうある程度解決の目処《めど》は立っていまして」

「えっ……早いですね。さすがは先生です」

何を考えているのか全く分からないだけあって、シコルスキは実に様々なことを裏で考えているのだろう。あーだこーだと、あの変態の性癖について意見を交わすのは遠慮したかったサヨナは、尊敬の眼差《まなざ》しで師を見つめる。

物は試しであると、早速シコルスキが乱雑に積まれた木箱を動かし、その中を探っている。

ここにある様々な道具は、サヨナには殆《ほとん》ど名称や利用法が分からないものばかりだ。これらのほぼ全てを、シコルスキ一人で作ったというのだから驚きである。どれだけ暇だったのか、と。

やがて、シコルスキは一枚の布地を取り出した。

「ありました」

「はぁ。見慣れない布ですね」

「触っていいですよ。どうぞ」

紺色をしたその布は、手触りが妙にザラザラとしている。師よりそれを手渡された弟子は、矯《た》めつ眇《すが》めつ検分する。伸縮性に富んでおり、引っ張ると妙に伸びた。何より、布地だと思っていたが、よくよく見ると袖のないチュニックのような形状をしている。

つまりこれは、自分の知らない素材で作られた、何かの衣類なのだ。

サヨナは目を丸くすると、やや興奮した声で訊《たず》ねる。

「すごい！　こんな素材で出来た服なんて、見たことありません！」

「でしょう？　じゃあ着て下さい」

「は？」

「着て下さい」

「……今、ですか？」

「我々は今を生きているのでね」

「ここで、ですか？」

「我々はここにだけ在るのでね」

「これ……何か薄いというか、肌着としては妙な感じというか……」

サイズは奇跡的に、サヨナにほとんどピッタリである。が、身体《からだ》に吸い付くような手触りは、着ればボディラインが露出することを容易に想起させる。そして、曲がりなりにも二人は若い男女である。相手は師だが、弟子としてボディラインの披露は嫌だった。

何より――これはあのハマやんの依頼であり、サヨナは関係無い。

「結論から言うと、イヤですけど……」

「ははは、まあサヨナくんならそう言うと思っていましたよ」

「もー、先生ったら人が悪い」

「しかし君は僕の弟子になる時に言いましたよね？　僕の言うことを何でも聞く上で、僕の研究や実験に必ず協力する、と。それを反故《ほご》にした場合、師弟関係は僕の方から一方的に打ち切り、樹海へ君をポイしても全く構わない、と。あー、何だか弟子を樹海にポイしたい気分だ」

「この極悪人!!」

「使用感も確かめずに、依頼人へ渡すわけにもいかないのでね」

「じゃあ先生が着ればいいじゃないですか!!」

「今日はローブを着たので、もう服の着脱はしたくありません」

「全裸だったら着ていたと暗に言う……!!」

シコルスキは意外と頑固――と言うか、己の研究や実験に対し、非常にこだわりが強い。取り柄が特に無いサヨナを弟子として迎え入れているのも、ある意味では被験体として利用する為《ため》である。

そのついでで、様々なことをサヨナへ教えているので、これ以上はサヨナも抵抗が出来ない。あくまで弟子の身分である以上、師に逆らえるにも限度がある。へそを曲げられて、樹海にポイされれば一巻の終わりだからだ。

「あ、あっち向いてててください。絶対にこっち向いちゃダメですからね！」

「分かりました。肉眼は封印します」

「……ちょっと引っかかる言い方なんですけど」

「早く着ないと日が暮れますねえ」

「むうう」

目を閉じたシコルスキが背中を見せたので、ようやくサヨナはしゅるしゅると衣服を脱いでいく。間違いなく師はこちらを見ていないのだが――しかし、妙に視線を感じた。

が、疑ったところで、師が正直に言うわけがない。気にせずにそのまま着替えを続ける。

「き……着ました。もうこっち向いても大丈夫ですよ」

「――ふむ」

肌に吸い付くような素材、というサヨナの評は正しく、着てみたこれはピッタリと、サヨナの細い身体《からだ》にフィットしている。その上で肩から先や太ももから下は全て露出しており、肌を異様に見せる服である。股の辺りがすーすーとし、思わずサヨナは身をよじった。

しきりに頷《うなず》くシコルスキを見て、しかしちょっとだけ勝ち誇った顔で、サヨナが言う。

「さては、先生……見とれてますね？　このわたしに！」

「ええ。男かと思いましたよ。絶望的なぐらいに絶壁ですね、君」

「このやろう!!」

「で、着心地はどうですか？」

「ぐうううう……ちょっとはあるんですよ、わたしも！　何だかこの服が、わたしの蠱惑的《こわくてき》で扇情的なボディを締め付けるだけで！　本当はあるんです！　おいこっち見ろ！」

言えば言うだけ惨《みじ》めになる言い訳を繰り返す弟子に、師は天井を仰ぐことで返した。

ギャーギャーとサヨナが吠《ほ》えるのを聞き流しつつ、シコルスキは物思いに耽《ふけ》る。どうやら機能性などは問題無さそうだ。劣化もしていない。これなら充分だろう、と。

「――あ、そうそう。この衣服の名前ですが、《救水《すくみず》》と名付けました」

「すくみず……？」

「ええ。僕が作る道具は、基本的には異界の知識を元にしています。その中でどうやらこの

《救水《すくみず》》は、水難に喘《あえ》ぐ人々を救う為《ため》に使っていたとか」

「割と立派な服なんですね……。防御力とか無さそうですけど」

「僕も異界のことを全て理解しているわけではないですから。本当の所は、もっと違う用途があるのかもしれません。まあ、今回はその違う用途として使うわけですが——」

「へ？」

パチンと指を鳴らすと、サヨナの着ている《救水《すくみず》》の裾が、何かに引っ張られるかのように伸びる。突然のことに目をぱちくりとさせたサヨナだったが、次いで放たれた裾の逆襲に、「ひぎゃあ」と声を出した。同時にバチィイン、と快音が工房内に響く。

「い、い、痛ったぁぁい！　なんですか、これ⁉」

「『引っ張ってバチィインってする魔法』です。後で教えますよ」

「本当になんなんですか⁉」

「思うに、ハマやん氏は全裸で鎧《よろい》を着ることにより、肉体と鎧《よろい》がこすれ合ったり密着したりする感触の虜《とりこ》となっているはず。なので、その《救水《すくみず》》に今し方『引っ張ってバチィインってする魔法』を施しました。普段はキツく締め付け、更にランダムでバチィインとやられるので、絶え間ない二種類の刺激が、ハマやん氏と股ぐらジャックくんを襲うことでしょう」

「い、いつの間にそんな魔法はうあ！　やめてください！　あうっ！　ちょ、いい加減に！　ひぎい！　やめろ！　おいやめろ！　あああ！」

さよな

しきりに《救水《すくみず》》のあちこちが伸びては戻り、その衝撃をサヨナに還元している。この弟子はそういう趣味を持っていないので、単純に痛いのだろう。物凄《ものすご》く怒っている。

「別に僕がわざと発動しているわけではなくて、もう勝手にバチィィンってなるんですよ、それ。だから怒るなら僕ではなく、その《救水《すくみず》》にどうぞ」

「施したのは誰だと思ってんですか!!　ひぎぃ！」

「あ、そうそう。言い忘れていましたが、見とれる程に似合っていますよ、サヨナくん」

「今言うそれ⁉」

結局、ここからしばらくの間バチィィンされ続けたサヨナは、師が掛けた魔法を一旦解除するまで、ひたすらその場で身悶《みもだ》えを続けるのであった。

そうして、しばらくの後――

「や、やっと着替えられた……。うう、痣《あざ》になってるかも……」

「診《み》ましょうか？」

「いらないですが……誰のせいでこうなったと」

「しかし、中々に暴れ馬な衣類ですね。これならハマやん氏も満足するでしょう」

「無視かい！　まあ、改めて思いますが……。おかしいですよあの人……」

「気風《きっぷ》の良《い》い武人じゃありませんか？」

「おかしいですよあなたも……」

それでも依頼人である以上、誠実に対応するのがシコルスキの流儀である。

サヨナが脱いだ《救水《すくみず》》を、いそいそとシコルスキは畳む。そしてそれを抱えたまま、さっさと工房を出ようとした。

「ちょっと待ってください」

その背中を、思わずサヨナは呼び止める。今、この男は、何をしようとしている……？

「どうしました、サヨナくん？」

「それ……どこに持っていくつもりで？」

「どこって――ハマやん氏に渡すので、最後の調整を部屋でしようかな、と」

「やめろォ‼」

今日一番の絶叫だった。サヨナは縋《すが》るようにシコルスキのローブの裾を摑《つか》むと、師は「いやん」と腹の立つリアクションを見せた。

「それ今わたしが着たやつですよねぇ⁉　何であのアイスマンに渡すんですか⁉」

「誰ですかアイスマンって。何で、と言われましても――《救水《すくみず》》はこの一着しか無いんですよ。本来はカラーバリエーションとして、ホワイトとブラックも作る予定だったのですが、素材の生成に時間が掛かるので見送っています」

「じゃあ今すぐ新しいのを作ってください‼」

「三日じゃ無理ですねぇ。心配しなくても、ちゃんと君が着た後のお古である旨《むね》は、ハマやん氏には伝えるつもりです。さすがに中古品を黙って贈るのは申し訳ないですから」

「いやそこはこう……っ！　報酬上乗せをセビるべきでは……⁉　じゃなくて、イヤですから普通に‼　あと中古品って呼び方をしないでください誤解を招くので‼」

「使用感を確かめずに依頼人には渡せない、と最初に言いましたけども」

「あ、あれは！　他に同じのがあると……！」

「君がどれだけ拒否しようとも、僕はこれをハマやん氏に渡します。それが嫌なら、新たなる《救水《すくみず》》を、君が三日間で作るしかありませんが」

どだい無理な話である。基礎的な部分すら、まだサヨナは出来てすらいない。そもそも、シコルスキがどうやって異界の知識を仕入れ、そして異界の道具を作製しているのか、その方法すら分かっていない。《救水《すくみず》》を一から作るなど、どう考えても不可能だ。

ぐぬぬ、とサヨナは唇を噛《か》む。もうあの《救水《すくみず》》を着ることはないが、その後に着るのがあの変態だと考えると、どうにも腑《ふ》に落ちない。

「大丈夫ですよ。多少シミになっていても、彼は許してくれるはず」

「そういう問題じゃないです‼　ていうかシミなんて出来てないですから‼」

どれだけ押し問答をしても、シコルスキは一切譲らなかった。がっくりと、サヨナは項垂《うなだ》れる。せめて、自分が着た後のものである旨《むね》は伏せてもらおうと、そこだけは譲らないでおこうと、気持ちを切り替えるのであった——

——是非、御二方を実演会に招待したい。

ハマジャックは、《救水《すくみず》》を受け取った後、そう言い切った。「あ、いいです」と反射的に拒否した弟子だったが、一方で師は「喜んで」と快諾してしまう。となれば、最早《もはや》弟子であるサヨナに拒否権は皆無であり、二人は準備もそこそこに、『チャース・ノーヴァ国』へと招かれたのであった。

＊

「……先生」

「何ですか、サヨナくん」

「かなり前から、考えていたことがあります」

「ほう。しかしそれは、ハマやん氏の勇姿を見届けてからでも構いませんかね？」

「いや……まあ……いいですけど」


来賓客は事前に聞いていた通り、諸国の王族や貴族、そして豪商達《たち》が殆《ほとん》どだった。その中で、まるで場違いなシコルスキとサヨナだったが、シコルスキは全く意に介していないのか堂々としている。流石《さすが》に今日はちゃんと服を着ているので、見た目は細身の優男であるが、それでも派手な装飾品一つ身に付けていない彼は、やはり浮いて見えた。その師の影に隠れて縮こまるようにして、サヨナはぼそぼそと師に話しかける。

が、シコルスキは騎士の晴れ舞台が気になるのか——或《ある》いは、自分の道具が活《い》かされる瞬間を見たいのか——あまり聞き入れてくれない。はあ、とため息をついて、サヨナはシコルスキの服の裾をぎゅっと握り締めた。身長差があるので、身を隠すには丁度いい——

「それにしても……本当に二度目を行うんですね。周囲の方々の視線が、何というか……猜疑《さいぎ》心《しん》的なモノに満ち満ちていますけど」

「一度はハマやん氏も失態を犯していますからね。今回はそれを払拭《ふっしょく》し、ハマやん氏と僕の《救水《すくみず》》が世界へと羽ばたく日です。ワクワクが止まりませんねぇ」

「……やっぱり先にわたしと話しません？」

「ははは、子供じゃないんですから、少しは我慢して下さい。後でいくらでも聞きますよ」

会場となるのは、まさかの城内——それも玉座の間だった。まさしく王の御前で、『パージ・アーマー』の性能を披露するのだ。もっとも前回披露したのは、ハマジャックの子ジャックだったわけだが——今回は違う。

試着した《救水《すくみず》》に対し、ハマジャックは涙を流しながら頷《うなず》いたのを、シコルスキは思い出す。「新たなる境地」と、ただそれだけを、感無量の様子で彼は嗚咽《おえつ》と共にこぼした。

その姿をサヨナは見たくなかったので、自室でやり過ごしたのだが、その後シコルスキ邸で響いていた「フゥ！」という甲高い声は、恐らくあの《救水《すくみず》》の来歴を知ったことによる歓喜のものだろう。小娘相手では勃《た》たないとは何だったのか。

ともかく、《救水《すくみず》》とハマジャックの相性は、シコルスキの読み通り抜群だった。まさに褐色巨乳エルフと発情期のオーク並に相性抜群であるとは、シコルスキの弁である。

「おや――王がやって来ましたね。そろそろですか」

玉座に王がゆっくりと腰掛けると、何だか儀礼的なものが始まった。いきなり披露するのではなく、ある程度茶番を挟むのだろう。随分と間延びした退屈な展開であるが、それは周囲の人間にとっても同様だったらしい。「前見た」と、そんな声がぼそりと聞こえた。

やがて、騎士の一人が声高く叫ぶと、玉座に向かって、漆黒の重鎧《じゆうよろい》に身を包んだ老練の騎士――ハマジャックがゆっくりと、歩を進める。その表情は、出会った時のものとまるで同一であり、人間の持つ二面性にサヨナは若干背筋が凍った。

「たまりませんねえ。あの鎧《よろい》の下に、僕らの作った《救水《すくみず》》が着用されているんですよ」

「さらっと私を制作者の一人にいれないでくれませんか」

ハマジャックは緊張した面持ちで、剣を王へと捧《ささ》げている。その緊張はどこから来るものなのか、多分この場にいる殆《ほとん》どの者は分からないだろう。恐らく、今ハマジャックの鎧《よろい》の中では、暴れ馬の如《ごと》く《救水《すくみず》》がバチィインしているのだ。今は必死でその快楽に耐えているに違いない。事情を知っているサヨナは、どこか他人事《ひとごと》のような感覚でこの場を見守っていた。

一方、前回も出席していた者達《たち》にとっては、まさしくハマジャックの一挙手一投足が注目の的だった。特に身内からすれば、前回のそれは悪夢に等しい。あれは何かの間違いだった、そうであってくれ――声は聞こえないが、そんな想念が上空で渦巻いているような気がした。

そして――運命の時。

「我が王よ。これが、我ら『チャース・ノーヴァ騎士団』が捧《ささ》げる、新たなる戦乱を切り開く未来である！　しかと、見届けて頂きたい――『パージ』！」

ガチャリ、ゴトッ――次々と、ハマジャックの重鎧《じゅうよろい》が分離し、身体《からだ》を離れてゆく。それはさながら、黒い蛹《さなぎ》が見事羽化するかのような、そんな神秘的なものさえ感じさせた。

――蛹《さなぎ》から現れたのは、おっさん。

ピッチピチの《救水《すくみず》》が全身に食い込み、毛深き肢体を惜しげも無く披露する、おっさん。

小柄なサヨナでようやくジャストサイズだった《救水《すくみず》》は、あろうことかおっさんの股をビッチリ二分し、その結果ハマジャックの子ジャックを取り巻く右大臣と左大臣がもろりとはみ出て、新鮮な外の空気に触れてコンニチハしていた。

この場から言葉という言葉、声という声、音という音が取り払われたかのように思えた。圧倒的静寂……それを斬り裂くようにして響く、バチィィン。

「あふッ」

おっさんの嬌声《きょうせい》。

「死刑」

無慈悲なる王。

「何故《なぜ》です、王！　ハマやん氏はちゃんと服を着ているではないですか！」

しゃしゃり出る師。

「いや分かってたことじゃないですか！　あれわたしで丁度いいサイズだったんですから、あのアイスマンが着たら大惨事になるってことは！」

この展開を読み切っていた弟子。

それぞれの思惑と言い分が混ざり合い、弾《はじ》けるようにして場が荒れた。《救水《すくみず》》について知っている者は、恐らくシコルスキとサヨナ、そしてハマジャックだけだろうが、知っていようがいまいが、あの格好は完全に変態のそれだと見ただけで分かる。むしろ全裸の方が、まだ言い訳が立つほどだろう。

死罪を言い渡されたハマジャックに対し、武器を構えた騎士達《たち》が殺到する。

「王よ!!　祖国を愛し、祖国に尽くし、貴方《あなた》に全てを捧《ささ》げたこの私を裏切るというのか!?」

「貴公がそのような愚劣な男だとは、我が慧眼《けいがん》を以《も》ってしても見抜けなかった。せめてもの慈悲だ、死後は手厚く葬《ほうむ》ることだけは約束する。故にここで潔《いさぎよ》く死ね——ハマジャック」

とは言っているものの、ハマジャックは《救水《すくみず》》のせいなのか、やたらと身軽な動きでバッタバッタと騎士達《たち》を薙《な》ぎ倒《たお》している。半信半疑ではあったが、その強さは本物らしい。ちょっとだけサヨナはハマジャックのことを見直し、そして一刻も早くこの場から立ち去りたかった。

「――賢勇者殿、サヨナ氏」

「うわこっちきた！」

「何でしょう、ハマやん氏」

片腕で騎士をぶん殴ってぶっ飛ばし、突き出された刃を後ろ手で摑《つか》んで止めてへし折り、

「毛深い化け物」「玉揺れの怪物」と周囲の人間に叫ばれながらも、ハマジャックが二人の元へと駆け寄ってくる。その表情は悲しみに暮れていたが――しかし、何かから解放されたような、そんな満ち足りたものでもあった。

「某《それがし》は、感あフん謝しているぉん。このような形ぁン、アオッ、念だが、悔いはなハァン！」

「何言ってるんですかこの人」

「《救水《すくみず》》がここぞとばかりに荒ぶっていますねえ」

「この礼は、いつかどこかで、必ずッア、そこッ、もっとッ」

「求め始めましたけど……」

「礼を言われる程のことは、僕には出来ませんでした。せめて、《救水《すくみず》》にサイズ差を付けて生産していれば――悔やんでも、悔やみ切れません」

「サイズ差っていうか……そもそもの話なんですけど、多分この《救水《すくみず》》って、元から男女で差があるモノなんじゃないでしょうか？　先生の作ったそれは、女性用なんだと思います」

ぼそっと指摘した弟子に対し、師は目を見開いた。元騎士は大体の敵を薙《な》ぎ払《はら》い尽《つ》くし、ど

ういうことかと彼女へ詰め寄る。

「どういうことオォン！」

「寄るなぁ！　いやだから、最初から疑問だったんですよ！　これ、男女兼用とは到底思えないんです！　どう考えても、その……胸元とか股の辺りとか、男性には向いてない作りですし！」

「すいません、聞こえませんでした。胸元と……股？」

「完全に聞き取れてますよね!?　つまり、そこのアイスマンを見れば分かるでしょう！　普通、男性がそれを着たら、はみ出るんですってば！　そんなのおかしいじゃないですか！　だからそれ、女性用なんです！」

「………!!　バカな……!?」

「バカだと思いますけど……」

《救水《すくみず》》には二種類存在する。男の為《ため》に作られたモノと、女の為《ため》に作られたモノ。

シコルスキはそれを知らずに、女性用を男女兼用で運用していた。結果として、ハマジャックの左右非対称が露見することになり、ようやくその事実に気付いたという皮肉。

シコルスキは膝をつき、頭を抱えるようにして落胆した。

一方、最初から言いたかったことをようやく言えたので、サヨナはちょっと満足だった。

「……ハマやん氏。僕は――」

取り返しの付かないミスをしてしまった――そう考えたシコルスキに対し、ハマジャックは片手を突き出して賢勇者の謝罪を制した。因《ちな》みに空いたもう片方の手では、かつての主君だった王を平然と絞め落としている。大暴れにも程があった。

「ご安心めされよ、賢勇者殿。某《それがし》は、このサヨナ氏のお下がりである《救水《すくみず》》をいたく気に入っている故。女性用だの男性用だの、そんなことは些事《さじ》であるとは思いませぬか？」

「サヨナくんのお下がり《救水《すくみず》》でも……良《い》いというのですか」

「ここぞとばかりに変な枕詞《まくらことば》を付けないでください!!」

「むしろ――これが良《い》い。素晴らしいお点前《てまえ》、感謝の極みです」

はにかんでみせるハマジャック。どちらからともなく、二人の男は固い握手を交わした。

己の間違いを認め、驕《おご》っていた自分を戒めた賢勇者。

相手の間違いを許し、その上で讃《たた》え上《あ》げた元騎士。

早く逃げないとガチでヤバイと、警鐘を鳴らし続ける弟子。

――こうして、《救水《すくみず》》を着た元騎士は、流浪《るろう》の旅に出ることになる。いつか必ずこの礼は返すと、二人の優しき師弟に誓って。やがて「二度と現れないで欲しい」と、弟子が祈り、「多分最終話付近で出ますよ」と、予言めいたことを師は呟《つぶや》く。

余談だが、この騒動は一国の騎士が一人で反乱を起こし、国そのものに大打撃を与えた、歴史上類を見ない大事件として後世まで語り継がれていくのだが――

その原因の一端に賢勇者とその弟子が絡《から》んでいることを知る者も、やはりどれだけ居るのか分かったものでは、ない。

《第一話　終》

第二話◎賢勇者《けんゆうしゃ》と弟子

Great Quest
For
The Brave-Genius
Sikorski Zeelife

——おねえさま、どうして……。

——仕方がないことなの。みんなを、あなたを、守るためなら。私は何も怖くないわ。

——でもっ……！

——もう、二度と会えないかもしれない。だけど、あなたと過ごしたこれまでは、ずっと私の中に息づいているから。だから、あなたもたまにでいいから、私のことを思い出してくれる？

——忘れない……忘れたくないっ！　絶対に！　絶対に、忘れないっ！

——ありがとう、サヨナ。それを聞けただけでも、私は幸せ者ね。

——やだ、やだあっ！　行かないで、おねえさまぁっ！

——このあたりで乳首をつねるとえげつない快感があるんですよね。

——おねえさま!!　何か知らない人が回想に割り込んできてる!!

——大丈夫よ、落ち着きなさい。サヨナ、これは夢だから。あなたが見ている、泡沫《うたかた》の夢。

過ぎ去りし日々を想《おも》う、優しいあなたの中に眠る、輝きだから。

——ユージンくんは乳首とかに興味無いんですか？

——おねえさまぁ!!　わたしの輝きが汚染されてる!!

——それじゃあ、サヨナ。私はそろそろ行くわね。幸せに、生きて。あなただけでも。

——一人だけシリアスな感じで去るのはずるい!!

——よくある話ですけど、乳首を蚊に嚙《か》まれた時ってどうしてます？


「そうそうある話じゃないから!!」

「そうそうある話じゃねえだろ——あ、起きた」

「そのようですねえ」

パチパチと、焚《た》き火《び》が弾《はじ》ける音がする。その音をぶち破るように、瑠璃色の髪を振り乱しながら、少女が形相を変えて叫んだ。ぜえぜえと息は上がっており、全身が嫌な汗でじっとりと濡《ぬ》れそぼっている。少女の生涯の中でも最下位に位置する程の、最悪の寝覚めだった。

一方で、倒木に腰掛けている二人の男が、いきなり身体《からだ》を起こして叫び始めた少女を、割と落ち着いた様子で眺めている。銀色の髪をしている穏やかな美青年と、暗褐色の短髪が爽やかな、精悍《せいかん》な青年だ。二人は落ち着きがない少女に対し、フランクに話しかけた。

「気分はどうだ？　見たところ、怪我《けが》は無さそうだが」

「見たところめっちゃくちゃ貧乳ですけど、男ですか？」

「質問の高低差が寝起きには辛《つら》い……！　怪我《けが》は、多分ないです。あと女です」

「はははは、知ってますよ」

「ですよね。見たら普通分かりますもんね」

「いえ、パッと見てもよく分からなかったので……よくよく見ましたが」

「は⁉」

「あっ、お前！　誤解を招くようなことを言うな！」

「因《ちな》みに彼は『10代の年寄りは俺の守備範囲外だからパス』と言って、何一つ君の介抱を手伝ってくれませんでした。その事実だけは君にちゃんと伝えたかった」

「10代で年寄り⁉　ひ、ひどい……！　真性の幼女性愛者《ガチロリコン》……！」

「いや言ってねえし手伝ったわ！　初《しょ》っ端《ぱな》からどういうキャラ付けしてえんだよ俺を！　つーかまずは状況の整理をするのが筋だろ！　ほら君もそっちに座れ！」

精悍《せいかん》な方の青年が取り繕うように場を仕切った。焦《あせ》っている——少女はそう考えた。

とはいえ状況が全く分からない、というのはその通りである。少女は近くの倒木に腰掛け、改めて二人の青年の方を眺めた。そして、ぺこりと頭を下げる。

「あの、何だか色々前後した気がしますけど、助けて頂いてありがとうございました。わたしへの暴言については、後日きちんとした場を設けて、そこで法的な措置を取るつもりですので出頭願います……」

「お礼と訴訟の構えを同時に取ったぞ、この女……」

「意外と強気みたいですねえ。一応確認しておきますが、君はここが『欲望の樹海』と呼ばれる、最難関ダンジョンだということはご存じですか？」

「それは、もちろん」

『欲望の樹海』――そこは、熟練の冒険者ですら挑むことを躊躇《ためら》うという。

徘徊《はいかい》する魔物はいずれも凶悪、歩くだけで相当に消耗する過酷な環境、一度入ると二度と出られない程の広大な面積と、人を惑わせる迷宮のような構造。単なる腕試しや冒険心だけで挑めば、待っているのは確実な死のみ。殆《ほとん》どの人間が忌避する魔境、それがこの樹海だ。

「その割に、君はどうも貧弱なように見える。装備品の質は良《い》いようだが、使い込んだ形跡はない。むしろ使い慣れてないだろ？　背嚢《はいのう》も調べさせてもらったが、まさに初心者といった感じの中身だった。近場の町で揃《そろ》えたんだな？　総じて旅慣れてない素人《しろうと》……それが君だ」

「自殺企図があるなら、着の身着のままで来ますからね。とはいえ貧弱な容貌でも、その実魔法に優れた方は居ます。が、君は殆《ほとん》どの魔法を覚えていませんね？　多少の魔物払いは使えるようですが、そんなものはこの樹海ではむしろ撒き餌《まえ》になるだけです」

（こ、この人達《ひとたち》……鋭い……！　どっちも変人な割に……）

「君が今何を考えているかは分からないが、俺はコイツと違って常識はあるからな」

精悍《せいかん》な方に釘《くぎ》を刺された。表情に出ていたのだろうか、少女はやや狼狽《ろうばい》する。

「っていうか、なぜわたしの使える魔法まで分かるんです？」

「それはもうネッチョリと検分したのでね」

「訊《き》くんじゃなかった」

「質問したいのはこっちな。こんな危険な樹海で、無防備にぶっ倒れてる君を俺達《おれたち》が助けたのは事実だ。なら俺達《おれたち》には、そのくらいの権利があるはずだろう？　で、単刀直入に訊《き》くけど——ここへ何しに来たんだ、君は？」

「………………ある噂《うわさ》を、聞きました。この世にあまねく存在する知を備え、そしてあらゆる魔を打ち払うだけの武勇を持った、偉大なる賢勇者様が、この樹海を抜けた先で隠遁《いんとん》生活を送っている、と」

青年二人が、少女の話を聞いて顔を見合わせた。噂《うわさ》はあくまで噂《うわさ》であり、半信半疑なところもあった少女は、この二人が何か知っているのではないかと推察する。

「そのクールでマッシブでインタラクティブでアクティブでクリエイティブなネガティブである存在と会ったとして、君は何が目的なんですか？」

「何で最後だけマイナスイメージなんだよ」

「その……弟子入りを、したくて。かの賢勇者様からなら、あらゆることを学べるはずなので」

「やめとけ」

「否定するの早くありません⁉」

「別にいいじゃないですか。誰から何を学び取るかなど、その個々人の自由ですよ。人によっては、自分の乳首すら最高の教材になり得るのですから」

「何を言っているんですか、この人？」

「俺に聞くな。でもその『何言ってんだコイツ』って気持ちだけは常に持ってた方がいいぞ」

意味深なアドバイスだったが、少女には今一つ響かなかった。

少女から見て、この二人は変人ではあるが悪人ではなく、むしろ妙な親しみやすさすら感じていた。自分の事情を彼らに全部話すようなことはしなかったが、それでも己の目的などを誰かに話したのは初めてだった。そのせいか、妙に気恥ずかしそうにしている。

「や、やっぱりおかしいですよね。居るかどうかも分からない賢勇者様に、何の取り柄もない私なんかが弟子入りしたいなんて……」

「居るか居ないかで言うと、結構居るっていうか、その筋だと割と有名ではあるんだけどな」

「心意気はお見事ですが、この樹海に生半可な実力で挑むのはオススメしませんねえ。慣れたら散歩がてらにうろついても平気なんですが」

「あのー、お二人は冒険者なんですか？　そちらの方は、随分と……軽い格好ですけど」

少女の視線は銀髪の方に注がれている。銀髪はローブだけ着ているようで、体動と共に青白い素肌がチラチラと見え隠れしていた。全く嬉《うれ》しくないチラリズムであったが、冒険者にしては異様に軽装である。精悍《せいかん》な方は、旅装として問題ない格好だったのだが。

――この段階で、彼ら三人は互いに名乗っていないことに気付いた。

「先に自己紹介をしましょうか。僕は《シコルスキ・ジーライフ》と言います。世間一般では賢勇者などと呼ばれていますが、まあ気軽にシコっちとでもお呼び下さい」

「…………へ？」

「あー、まあ、アレだな。君は運が良い《い》……ような、悪いような。いや多分良い《い》んだろう、うん。目的である賢勇者に、こうやって会えてるわけだし」

「ちょ、ちょちょ、ちょっと待ってください!!　え？　この、え？　これが!?」

「これ呼ばわりされてんぞ、お前」

「心外ですねえ」

「わ、分かった！　二人してわたしを騙《だま》すつもりなんですね!?　そしてあわよくば、このわたしを手籠めにして、好き放題楽しみたいんでしょう!?　薄い魔術書みたいに!!」

「何言ってんだコイツ」

「こんな序盤で薄い魔術書の心配をするとは……人気ヒロイン気取りですかね？」

「そもそも薄い魔術書って何だよ。ただの安物じゃねえのかそれは」

取り乱す少女を尻目に、賢勇者を自称するシコルスキは朗らかに笑っていた。自らのペースを全く乱さないという意味では、確かに大物に見えなくもない。が、それが賢勇者であるという証拠になるかと言うと、別にならなかったようだ。

「っていうか！　賢勇者様はもっと、お歳《とし》を召しているはずです！　あなたみたいな若造じゃないです！」

「明らかに君よりは年上なんだけどな……」

「よく勘違いされがちなんですが、賢勇者って言うのは自称ではなく他称でして。僕の祖父である《ウォナニス》が賢者、父である《ドゥーリセン》が勇者と呼ばれていたので、その二人の血を継ぐ僕は区別のために賢勇者と呼ばれているのです。君の持っている印象は、多分祖父のそれでしょうねえ」

「むむむ……」

(身なりもそうだが、ウォナニスのじいさんとコイツの区別もあやふやな辺り、世間知らずって感じだな。少なくとも町娘の類《たぐい》じゃない。貴族の娘か？)

「まあ、信じる信じないはお任せしますけどね。別段、賢勇者の証拠とかもありませんし。無論、嘘《うそ》をついたつもりもありませんけども。それで、君の名前は？」

「……《サヨナ》です。見ての通り、新米冒険者です」

「コルは嘘《うそ》をつかないが、君はどうも嘘《うそ》が下手なんだな」

「う、嘘《うそ》じゃないです。えっと……」

精悍《せいかん》な青年の名前が分からず、サヨナと名乗った少女は口ごもる。助け舟を出すかのごとく、シコルスキがパンっと柏手《かしわで》を打った。

「おっと、申し遅れましたね。彼は僕の友人の《ユージン》くん。見ての通りロリコブファ」

「殴ったわ」

「事後報告⁉」

シコルスキの友人であるユージンは、その友人を躊躇《ためら》いなく殴り飛ばした。随分な関係性に、サヨナは若干引いている。が、殴られたシコルスキはまるで意に介した様子もなく、頬を撫《な》でながら「照れ屋なんですよ、彼」と、何故《なぜ》かユージンをフォローした。

「それで、サヨナ嬢。君はこれからどうするつもりだ？　もうすぐ日も暮れるぞ」

「引き返すにしても進むにしても中途半端《ちゅうとはんぱ》ですねぇ」

「とりあえずは、今からでも賢勇者様の居場所を目指そうとは思っています。辿《たど》り着《つ》けるかは分かりませんけど……でも、わたしはどうしても、賢勇者様の弟子になりたいから」

「一応、この樹海を抜けたら僕の家はありますけど。しかし僕とユージンくんはしばらく樹海に滞在しますし、今行っても誰も居ませんよ」

「そもそも、夜間にこの樹海を君がうろついたら、間違いなく死ぬと思うけどな」

夜行性の魔物は多い。それも凶悪なものほど夜間は活発に行動する。そして、サヨナは全くと言っていいほど、戦闘の心得がない。一度でも魔物と遭遇すれば、そこで終わりだろう。

「ここまで魔物によく襲われませんでしたねえ」

「とはいえ疲労で倒れちゃ元も子もないが」

「……でも、それこそ引き返すことも出来ない距離です。戻るくらいなら、進みます」

「どうする、コル？　随分と頑固と言うか、意志は固いみたいだぞ」

「ふうむ。もし君が良《い》いのであれば、我々としばらく同行しませんか？　本当にこの樹海を抜けても、僕の家しか無いんですよ。で、僕は目的さえ達成すればそこに帰りますし、最終的な目指す場所が同じなら、遠回りになっても我々と居た方が安全だと思いますが」

「いや、それは……」

「コル。一回結界を解いたらどうだ。自分一人でまだ何とかなると思われたら困るだろ」

「そうですねえ。挑んで散る分には構いませんが、出会ってしまった以上は見過ごせませんし」

何のことか分からないサヨナに対し、シコルスキが一度指を鳴らす。それが何の意味を持つのか、考える前にサヨナは全身を刺すような何かに身震いした。

──見られている。それも、たくさんのものから。木々のざわめきと、鳥獣の声が、樹海全体の唸《うな》り声《ごえ》のように、唐突に大きく響き始めていた。自分が『獲物』として捉えられたのだと、何の心得もないサヨナはようやく気付く。

「え？　え……⁉」

「防音と魔物除《まものよ》けの結界を、コルはずっとここで展開していたんだ。こうやってのんびり話が出来るのも、君がさっきまで呑気《のんき》に気絶出来ていたのも、コイツがそれをしていたからだぞ」

「我々はともかく、君みたいな若い女性は格好の餌食《えじき》ですから。さて、どうします？　それでも一人で行くのなら、もう止めませんけども」

「……ぜ、ぜひ、ご一緒させてください……」

その返答を聞いて、賢勇者と思《おぼ》しき男が「ははは」と笑い、また結界を展開した。途端に、樹海の唸《うな》り声《ごえ》と魔物からの注視が消える。

真偽と人格はどうあれ、この男の力は本物であると、嫌でもサヨナは理解することになった。

＊

「──で、もう寝たのか」

「そのようです」

「あれだけ俺らのことを色々言っていた割に、随分な度胸だな。存外図太いわけか」

闇に沈んだ樹海の中で、焚《た》き火《び》の輝きだけが周囲を照らしている。疲れが相当残っていたのか、サヨナは二人から食料を振る舞われた後、すぐに眠ってしまった。その辺りの適応力は、確かに冒険者向きかもしれない。

小さい彼女の寝息を聞きつつ、賢勇者とその友人は談笑に耽《ふけ》る。

「じゃあどっちが竿役《さお》します？」

「談笑に耽《ふけ》れや!!」

「薄い魔術書なら、ここで我々が本性を剝《む》き出《だ》しにするパートなのでね」

「知らねえよそんなパートは！」

「やはりユージンくんは、もうちょっと年端《としは》の行かない幼女が好み、と。仕方ありませんねえ、じゃあここは僕が一皮剝《む》きますよ」

「一肌脱ぐみたいな感覚で言うな！　あとその皮は余らせとけ！」

「幼女が好みという部分は否定しないのですね」

「ツッコミが追い付かねえだけだ……。何で俺をそういう方向に持って行こうとする……」

「一話で出てませんし、君。今回でユージンくんのキャラが立つか心配で心配で、もう夜も眠れません」

「三話でも出るから余計な心配すんな!!　てかお前昨日俺より先に寝てただろ!!」

「そうでしたっけ？　それにしても、妙な冒険者ですねえ、彼女」

「話の戻し方が力技過ぎないか……。そもそも冒険者じゃないだろ、この子。出自は分からんが、その辺の庶民とは違う。世間知らずの貴族か何かだ」

　この樹海に実力もないのに単身挑み、その危険性すらよく理解しないまま突き進むなど、無《む》知蒙昧《ちもうまい》にも程がある。一歩間違えればもう死んでいてもおかしくはなかったのだ。少なくとも、一般的な感覚の持ち主ではない——ユージンは自身の推察にそう付け加えた。

「それに、お前の弟子になりたいときた。滅多に居なかったのにな、そんなやべぇヤツは」

「そうですねえ……。何故《なぜ》貧乳なのですか」

「重要なのはそこかよ……。で、実際弟子にする気はあるのか？　遅かれ早かれ、賢勇者みたいなふざけた称号はお前だけのモノだって、この子も気付くと思うが」

「別に吝《やぶさ》かではありませんよ。貧乳であることだけが気掛かりですけどね」

「いや他にもっと気にするとこ大量にあるよな？　出自とか目的とか不明点かなりあるよな？」

「ははは、別にその辺りは気にしません」

「おいおい……。この子に敵意は無さそうだが、それでもちょっとは怪しいと思わないのか」

「少なくとも胸囲はありませんね」

「お前の人間の判断基準ってそこにしかねえの⁉」

弟子入りを決めるかどうかはサヨナ次第ではあるが、師となるであろうシコルスキは別段構わないようだ。彼ら二人は幼少時からの付き合いであり、いわゆる幼馴染《おさななじみ》の間柄である。その人となりを良くも悪くも知り尽くしているユージンは、親友の選択を見守ることにした。

「まあ、弟子を取るにしろ何にしろ、やるのなら責任を持って育てるんだぞ。お前は昔っから頭は良《い》いけど、間違いなく他人の感情の機微に疎《うと》いからな」

「そうでしょうかねえ？」

「そうなんだよ。この子を『よくよく見た』のだって、寄生虫や寄生植物が付着してないかとか、どこか怪我《けが》してないかとか、そういうのを確認するためにやったんだろ。肝心な部分を伝えずにふざけた態度を取り続けるのは、お前の悪い癖だぜ」

「起き掛けに軽いジョークを浴びせただけだったのですが」

「いや文字通りボディに響く重めのジョークじゃねえの……」

「ふわあ……心配しなくとも、僕は貧乳に興味はありませんので……」

「そういう問題じゃないって。ったく、お前は大体のことを天然でやってるから始末に負えねえんだが、それでも気を付けるところは気を付け――」

「…………」

「…………」

「……ZZZ」

「――あ、寝るほど俺の説教つまらなかった？　ごめんな～」

謝るフリをしながら、ユージンは目を開けて寝ていた幼馴染《おさななじみ》を蹴り飛ばした。

「とか言うと思ったかクソ野郎が!!　風邪ひけ!!」

そう罵りつつも、とりあえず蹴り転がしたシコルスキへ毛布を掛けてやる。一人でやるツンデレ的行為に意味は無いので、ユージンも眠ることにした。

眠っていても結界を維持する辺りは、流石《さすが》ではあるが——多分コイツに人を育てることは難しいだろうと感じながら。

＊

「おはようございます……えっと、賢勇者様、ユージンさん」

「ああ、おはよう。遅い目覚めだな」

「よく眠っていたようですねえ。まさか何をされても起きないとは」

「え⁉」

ぺたぺたと、サヨナは自身の起伏に富まない身体《からだ》を触って確かめた。何もされていない感じだったが、真相は分からない。

「不安を煽《あお》るようなこと言うな！　お前もさっきまで寝てただろ！」

「つまり犯人は絞られたわけですね」

「ひ、ひどい……！　幼女趣味な方だと信じてたのに……！」

「そこは疑う部分だろうが！　ああもうさっさと飯食えお前ら！」

朝食の準備は既にユージンが三人分用意していた。当たり前だが、二人は眠っていたサヨナに指一本触れていない。シコルスキの発言は不穏だが、意外とその辺りは健全なようだった。

「そう言えば、僕のことを賢勇者と呼んでいましたが」

朝食を食べながら、シコルスキがふと訊《たず》ねる。サヨナはまだシコルスキのことを賢勇者だとは認めていないと思ったので、気になったらしい。

温かいスープを啜《すす》りつつ、サヨナは視線を彷徨《さまよ》わせながら呟《つぶや》く。

「それは……その、よくよく考えたら、ここでお二人がわたしを騙《だま》す意味もありませんし。素《しろ》人《うと》のわたしから見ても、あなたの魔法の実力は相当なものだと思ったので、暫定的に……」

「それでいいんじゃないか？　もし本物の賢勇者とやらが他に見付かったら、そん時はコイツのことを好き放題罵ってやればいいだけだし」

「道中はまだ長いですからねえ。ご自身で見極めればよろしいかと、僕も思いますよ」

シコルスキが放った言葉に、サヨナは無言で頷《うなず》いた。

そして、朝食も済まし、いざ出発の段となった時――サヨナは今更な疑問を呈した。

「あの――……そもそもお二人は、どういう目的でこの樹海へ？」

「そういや言ってなかったな。俺達《おれたち》が樹海に来た目的は――」

「――ずばり、キ、ハ、キノコ狩りです」

「……キノコ狩り？」

「ああ。俺は行商人なんだ。で、この樹海にしか生えてないキノコを仕入れに来た」

「同じく僕もそのキノコが必要になったので、こうやって二人でキノコ狩りに来たのですよ」

「はあ、何というか、お二人は仲良しなんですね」

「そんなことはない」

「そうですよ。仲良しどころか、僕らはもう中にまで良しとする関係ですので」

「俺親より嫌いだからコイツのこと」

「逆に親よりも好きな人ってそこまで居なくないですか⁉」

「ユージンくんはツンデレですからねえ。いわばドラゴン●ール界のベ●ータですよ」

「いやベジ●タはド●ゴンボール界にしか居ねえだろうが‼」

（な、何の話なんだろう……）

そうじゃれ合いながらも、二人はズンズンと悪路でも平気で進むので、サヨナは足を動かすだけで精一杯だった。荷物の大部分はユージンが背嚢《はいのう》として背負っており、一方でシコルスキは手ぶらである。鬱蒼《うっそう》と茂る草むらを、ユージンが手にしたナイフで切《き》り拓《ひら》き、定期的に地図を見ては現在地を確かめていた。時折、ヒイヒイ言いながら付いてくるサヨナに気を配りながら、進むペースを調節している。更に貴重なはずの飲み水を、惜しみなく手渡してくれた。

やがて一度ユージンは深呼吸をし——

「俺しか働いてなくね⁉」

——腹の底からそう叫んだ。

「どうしました？　藪《やぶ》から棒《ぼう》に」

「その藪《やぶ》に棒突っ込んで頑張ってんのが俺だけなんだよ‼　お前も働け‼」

「確かに賢勇者様は何もしてないですよね……」

「いやいや、最初に役割分担を決めたじゃないですか。戦闘、野営、引率、その他一切の雑用はユージンくんが請け負い、僕はその後ろを歩く担当である、と」

「それもう実質ユージンさんの一人旅じゃないですか！」

「序盤のＮＰＣかお前は」

手ぶらで樹海に来ている時点で、シコルスキのやる気は推して知るべしと言ったところである。ユージンと一緒に行くとなった段階で、大体の準備を彼に任せたらしい。

で、三人で騒いでしまったのが仇《あだ》となったのか、近くの藪《やぶ》からガサガサという音がした。

『マモノーッ！』

「どうしましょうユージンくん。魔物が現れましたよ」

「魔物ってマモノーって鳴くんですか？」

「犬がイヌって鳴くようなもんだろ！　どうなってんだこの世界観⁉」

「まあ細かいことはいいじゃないですか。で、どうします？」

魔物はこちらを襲う気満々である。背を向けて逃げたところで、向こうの方が速いからすぐに追いつかれてしまうだろう。

「どうもこうも……たまにお前の魔物払いが効かない魔物はいるしな。やるしかない」

（あ、やっぱり魔物払いは常に使ってるんだ……すごい）

「なるほど。ではまず戦闘のコツですが、前列に居る魔物に対しては――」

「チュートリアル戦闘⁉」

「序盤のNPC感で喋《しゃべ》るなお前は！」

『マモノーゥ！』

　襲って来た魔物を、ユージンがボコボコにした！

　シコルスキ達《たち》の勝利！

「やりましたね。小学生以下の文章力で勝利です」

「ユージンさんが頑張ったのに主体は賢勇者様なんですね」

「彼は序盤のNPCですし」

「ふざけんな‼」

　その後もちょこちょこと気まぐれに襲ってくる魔物を、ユージンが頑張って倒し、やがて彼らは目的地へと辿《たど》り着《つ》いた。

「ここがレアなキノコが数多く眠る、人呼んで『キノコの里』です」

「二大勢力が和解した後みたいな名前ですね」

「どちらかと言うとタケノコの方が征服されてないか……？」

「まあそんな宗教的紛争地となりがちな、この『切り株の森』ですが――」

「第三勢力を出すな！」

『キノコの里』は、樹海の中でも開けた場所にある。木々の合間からは薄《う》っすらと日が差し込み、だがそれでいて結構ジメジメとしている。そこら中にある倒木からは、多種多様なキノコが生《は》え揃《そろ》っていた。確かに、キノコが生育するには丁度いい環境のようである。

シコルスキは近くの木の根元でしゃがみこむと、何かを指差す。

「ほら見て下さい。タケノコの周りにキノコが生えていますよ」

タケノコを囲むようにして、数本のキノコがちょこんと生えている。が、キノコはどういうわけか傘が枝分かれしており、その一方が剣のように尖《とが》っていて――そしてその『剣』を、囲っている全てのキノコがタケノコに突き付けている状態だった。

「捕虜《タケノコ》!?」

「何か俺らではどうしようもない程の、巨大な意図を感じる構図なんだが……」

「ははは。気のせいです」

「ていうか竹じゃなく木の根元にタケノコがある時点で、あのタケノコはどこかから連行――」

「もうそれ以上言うな」

何も見なかったことにして、三人は里をうろついて回る。広場のような作りとなっているらしく、あちこちにある倒木の中でも、一際《ひときわ》大きな倒木が中央に鎮座していた。その倒木は他のものとは違い、一種類のキノコしか生えていない。それも、かなり巨大なキノコが一つだけ。

「わあ……すっごいおっきい」

「そんな褒められても汁しか出ませんよ？」

「お前のキノコの話じゃねえよ」

そのキノコは赤黒い色を基調としており、柄（いわゆる『茎』の部分）は若干黒ずんでいて、先にある傘は柄よりも毒々しい、赤みがかった色をしていた。傘は開ききっており、文字通り雨が降ったら傘に代用出来そうなぐらいに大きい。また、朝露のせいか表面はぬらぬらと濡《ぬ》れそぼり、サヨナが近付くと尖端《せんたん》から雫《しずく》がつーっと垂れた。

「いつ見ても……卑猥《ひわい》だな」

「立派ですねえ。拝んでおきましょう」

「ご神体か何かですか？　でも、これが目的のキノコなんですよね？」

他のキノコに二人が目もくれないので、サヨナはそう判断したらしい。事実、二人が狙っていたのはこのキノコだ。なら取《と》り敢《あ》えず引っこ抜いたらいいだろう——早合点《はやがてん》したサヨナが、そのご神体キノコに手を触れようとした。

「あっ、バカ！　迂闊《うかつ》に手を出すな！」

「え？」

ユージンの静止は一歩遅かった。サヨナがご神体キノコに触った瞬間、ご神体キノコは尖端《せんたん》から大量の胞子を噴出したのである。その量は半端《はんぱ》ではなく、広場全体を覆い尽くす程だ。煙幕もかくやと言った程で、至近距離で噴射されたサヨナはゲホゲホとむせこんだ。

十数秒後、何とか胞子の煙幕は収まった。が、サヨナは未《いま》だ咳《せ》き込《こ》んでいる。

「えほっ、げほっ……。うう、ひどい目に遭った……」

「勝手に動くなよ！　ただのキノコじゃないんだぞ！」

「ごめんなさい…………あれ？」

妙に身体《からだ》が重い。今の胞子で体調を崩したのだろうか。そう思ったサヨナは、しかし自分の視界に何かが映り込んでいることに気付いた。

額の方から、さながら髪の毛のごとく垂れ下がっている、何か。

「……これ……キノコ？」

垂れ下がるキノコを摑《つか》んで引っ張ってみると、自分の額の皮が引っ張られた。もう少し強く引くと、そのまま自分の皮が剝がれそうなぐらいに突っ張る。

「え……えええええええええええ⁉」

サヨナの額から——小さなご神体キノコが生えていた。それも、しっかりと『根』を張って。

「あぁクソ、だから言ったのに……」

ぼやくユージンの両の頰からも、あのご神体キノコの小型版が二つ生えている。

「な、なんなんですかこれ⁉　引っ張ると痛いんですけど⁉」

「……『ミカガミダケ』。そのデカいキノコの名前だよ。見る分には無害だが、触るし反射的に胞子を浴びせて、そいつに自分の『種』を植え付ける。この樹海にしか生えていない、かなり珍しいキノコで、取り分けその中でもキングサイズなのがそいつだ」

「えっと、その『種』を植え付けられたら、どうなるのでしょう……？」

「まあ、菌糸類だから『種』って表現はあくまで比喩なんだけどな。正確には『寄生』と言った方が正しい。そいつらは寄生先の宿主から一切の栄養を奪い尽くし、どんどん生長していく。大体一時間もすれば、人間なら骨と皮になるんじゃないか」

「めっちゃくちゃ危険じゃないですか⁉」

「迂闊《うかつ》に手を出すなって言っただろ。基本的に危険なんだ、この樹海の動植物は」

「まあまあ、そう怒らなくてもいいじゃないですか。最初からこうして増やすつもりでしたし」

少し離れたところから、シコルスキが笑いながら歩いてきた。胞子の直撃は避けたのか、サヨナとユージンとは違い、見た目に変化はない。

「お前、一人だけ避けたのか」

「ずるいです……」

「いえ、お二人と一緒で僕も直撃しましたよ？　ほら」

薄いローブを脱ぎ捨てると、シコルスキは何の恥じらいもなく全裸になった。

その股間からは、先天的に生えているキノコとは別種の、後天的に生えたであろうキノコが、風もないのに揺れている――

「いやああああああああああああああああああああああああ‼」

「どこに生やしてんだよお前‼」

「仕方ないでしょう。『ミカガミダケ』が寄生先で生える箇所は、基本的には胞子が掛かった範囲内からランダムで数箇所だと言われています。僕は偶然、胞子が噴出する瞬間にローブがほぼはだけて、結果全身に胞子を浴びてしまいました。ほら」

ぶるん！

「揺らすな！」

「ちゃんと服着ないからそうなったんじゃないですか⁉」

「しかし困りましたねえ。どんどん大きくなってきましたよ。ほら」

ムクムクムク……と、シコルスキの股間から生えた二つのキノコが肥大化している。

「いやああああああああああああああああああ‼」

「何でお前の先住キノコの方も生長してんだ‼　関係ねえだろ‼」

「負けず嫌いでプライドが高いんですよ。彼もまた血が通った立派な僕の相棒……即《すなわ》ち棒状のユージンくんです」

「じゃあ人状の俺は何なんだよ！　二足歩行する股間か⁉」

「何でもいいからしまってください‼」

叫ぶサヨナだが、直後に膝から崩れ落ちた。全身から力が抜けて、まともに立つこしが出来なくなったのだ。

「ひ、ぁ……ち、ちからが……」

何とか額のキノコを引き抜こうと、サヨナは力を込めてみるが、全く抜ける気配はない。元々体力がないサヨナは、三人の中で誰よりも寄生の耐性がなかったようだ。

「無理に引っ張らない方がいい。湯剝きトマトになりたくなかったらな」

「で、でも……このままじゃ、わたし……」

「大丈夫ですよ。『ミカガミダケ』には簡単な抜き方がありますから」

「ほ、ホントですか……？　早く教えて……ください……」

「ズバリ、このキノコは『宿主の性別と逆の体液』に弱いのです。つまり、男に寄生すれば女の体液が、女に寄生すれば男の体液が弱点になるのですよ」

「……このまま死にます……」

「この後の展開を予見して死を選んだぞ」

「簡単に生きることを諦めてはなりませんよ！」

倒れているサヨナに、シコルスキはズンズンと近付いていく。サヨナと違って、割とまだ動けるだけの余裕があるらしい。

そして、シコルスキはサヨナに向けて膝立ちになり、腰を突き出した。

「ギブアンドテイクです！　仮にも君は僕から見て異性だ！　つまり、君の唾液は僕のキノコに対する特効薬となる！　即《すなわ》ちこれは立派な医療行為なのです！　ほら！」

ぶるん！

「神様……わたしは死んでもいいので……この人を殺して……」

「魔王でも中々言われないようなこと言われてんぞ」

このままではサヨナが死んでしまう――シコルスキはその場で二本のキノコを振り回した。

「最早《もはや》一刻の猶予もありません!!　今から僕が息子達《たち》を全力でぶん回すので、早くどちらかを咥《くわ》えないと！　君がやりやすいように手拍子も添えますのでね！　ハイッハイッハイッ！」

「お前頭の方に何か寄生されたんじゃねえの？」

「っていうか……先にわたしのを……抜いてください……」

「ええっ⁉」

「そんな驚くことか？」

「いえ、いきなりヌいてとか言うので……やっぱ彼女、貧乳ですし男なんですかね？」

「鼓膜に淫語フィルターでも張ってんのかお前は⁉」

「……殺す……」

サヨナは何とか四《よ》つん這《ば》いの体勢になり、顔をシコルスキに向ける。

「お前への殺意だけで立て直したぞ……」

「いい感じですねえ。さあ、一思いにどうぞ！」

「……っ！」

流石《さすが》にここで死ぬのは本意ではない。サヨナは覚悟を決めて、目を閉じて口を開き、最後の力を振り絞って目の前にあるであろう、色んな意味で究極の二択に迫った——

「はいここでモザイク魔法を発動‼」

シコルスキが叫ぶと、シコルスキの腰回りにモヤのようなものが掛かり、何が起こっているのか薄ぼんやりとしか分からなくなった。

「いきなり何なの⁉」

「世の中には、逆らえないモノがたくさんあります。お見せ出来ないモノも大量にあります。なので僕は色々と考えました。まあモザイク掛けりゃ何やってもいいだろう、と」

「ただのヤケクソじゃねえか‼　これ小説だからモザイクの意味ねえよ‼」

「因《ちな》みにお見せ出来なかった箇所は、NG集として後日ウェブで勝手に公開するので」

「懲りねえなオイ‼　前作もそれやらかして怒られただろうが‼」

「誰の何の話かは分かりませんが、まあとにかくこれで全年齢対象なシーンになりましたねえ」

ふう、と一安心したように息をつくシコルスキ。が、モザイク越しのその光景は、女が男の股間に顔を全力で近付けているというものだった。何をやっているのかは分からないが——

「いや今のお前の絵面は、電撃文庫ではなくフランス書院文庫のそれだからな⁉」

「なんと。では過剰な擬音とか出した方がいいですかね？」

「どういうイメージ持ってんだよフラ書に!!」

「抽送という単語の存在を僕に教えてくれました」

「国語の教科書!?」

読書は人の教養を豊かにする。そして、思い出の中に確かな1ページを刻んでくれる。

賢勇者は木々に覆われた空を仰ぐ。やがて、穏やかに呟《つぶや》いた。

「本作はそんな感じの一冊を目指したハイ・ファンタジーです――」

「最低《ボトム》ファンタジーの間違いだから――」

しかしすぐにユージンから否定されてしまった。

「っつーか、モザイク越しでよく見えねえんだが、今お前らどういう状態なんだ。まさかとは思うが、マジでアレなことヤってねえだろうな……？」

「天下の電撃文庫でそんな悲惨な展開が許されるわけないでしょう！」

「初稿《ぜんせ》でヤってっから心配してんだよ！」

「大丈夫ですよ。でもここのシーンは挿絵にお願いしているので、君もポーズ取って下さいね」

「挿絵って記念撮影的な感じで作られてんの!?」

一応虚空《こくう》に向かってピースサインしたユージンだったが、ひたすらに虚《むな》しいだけだった。

それにしても、先程までは気力で動いていたサヨナの反応が無い。もしや――と思い、ユー

ジンがシコルスキに纏《まと》わり付《つ》いているモザイクを引っぺがす。

「いやぁ！　伸びたサンドウィッチ！」

（ブン殴りてえ……）

見ると、やはりサヨナは力尽きており、四《よ》つん這《ば》いのまま気絶していた。

すんでのところで棒状のユージンを口にしなかったのは、曲がりなりにもヒロインとしての最後の矜持《きょうじ》が働いたのかもしれない。その表情は、どこか誇らしげでもあった――

「危ないところでしたねえ」

「色々とな」

「さて、と」

シコルスキはそこから何か言うわけでもなく、股間に生えたミカガミダケを無言でぶちっと引き抜く。それを見て、ユージンも両頬のキノコを抜いた。

「……実は最初からミカガミダケ対策として、俺達《おれたち》は抗菌の魔法を使ってたって知ったら、この子どんな反応するんだろうな」

「喜ぶんじゃないですか？　貴重なお時間ありがとうございました、と」

「就活生か！　まあいい、とにかくミカガミダケも手に入ったし、帰るぞ！」

ミカガミダケの簡単な増やし方、及び採取方法。それは事前に胞子を弱める魔法を使い、その上で胞子を浴びてわざと寄生されるというものである。ユージンとシコルスキはそれを狙っていたので、そもそも胞子を浴びてもほぼ無力化出来ていたのだが、サヨナだけは別だった。勝手に動くなとユージンが怒ったのは、こうしてサヨナだけが無防備だったからである。

もっとも、二人はミカガミダケについて詳しいので、サヨナに生えたところであまり問題は無かったのだが――

「少々お遊びが過ぎましたかね？　命に別状はないとはいえ」

「お前は遊んでしかないだろ……」

自分の掌《てのひら》に唾を吐いて、ユージンはそのままサヨナの額のキノコを引き抜く。あれだけ根を張っていたのが嘘《うそ》のように、ミカガミダケはつるりと彼女の額から離れていった。そのまま、ユージンは集めたミカガミダケを背嚢《はいのう》に収納し、サヨナを前抱きする。

「まあ、僕の弟子になりたいのなら、この程度の災害《トラブル》は何とか凌《しの》いでもらわないと」

「ほぼお前の自演だから人災《トラブル》だろうが！」

「否定はしませんが、これでも彼女の適性を見ていたのですよ。才能という面ではあまり突出したものはありませんが、彼女には根性と運がある。それらは持って生まれた部分が大きい。そういう意味では、中々の逸材と呼べると思います。ちゃんと育てれば伸びますよ、彼女」

「運があるっつーか、悪運があるっつーか、冷静に考えたら不運にしか見えないが……。そもそもこんな目に遭っても、お前の弟子になりたいと思うのか……？」

「ははは。選択の自由は常に彼女にありますからね。僕が賢勇者であるか否《いな》か、師事すべきか否《いな》か、全部自分で考えればいい。それが生きる、ということでしょう」

「全然いい話としてまとまってないからな？」

*

──サヨナには、夢ってあるの？

──え……。

──あら、言いたくなかった？　無理強いはしないけれど……。

──ううん、違うの、おねえさま、何というか、真面目に語ったタイミングで、余計な何かがあるような気がするの。予感というか予兆というか、そんな感じなの。

──ふふ、熱でもあるのかしら？　おかしなことを言うのね。大丈夫、夢の中で夢の話をしたところで、大体は夢オチだから本編に影響は出ないわ。

──ほらもう嫌な予感がおねえさまからも漂ってる!!

──因《ちな》みに私の夢は「僕の祖母の乳首が桜色だった時の話聞きます？」よ。内緒だけどね。

──来てた!!　覚めろ覚めろちくしょう!!　こんな夢覚めろッ!!

──そう。サヨナの夢は、おばあちゃんになっても桜色の乳首を保つことなのね？

──驚きでしたね。ババアの乳首なんて、画太郎《がたろう》イメージか桑原和男《くわばらかずお》イメージじゃないですか。それがもう薄い魔術書も驚きの桜色だったので……。

——おねえさまァ!! そいつわたしじゃない!! あとそんな超長期スパンの夢なんて持ってないから!! まだ老後の予定は未定だから!!

——桑原和男《くわばらかずお》って誰かしら?

——異界の劇団員です。

——普通に会話しないで!! 解散! もう解散!! 散れーッ!!


「散れぇえーッ!!」

「何で異界の劇団員に詳し……ああ、起きた」

「おはようございます。寝汗が凄《すご》いですねえ。悪夢でも見たのですか?」

「とびっきりのやつを、一本……」

ぜえぜえと息を切らすサヨナは、身体《からだ》を起こすと同時に周囲を見渡した。確か、シコルスキの股間に寄生したキノコを何とかしようとしていたのだが——しかし現在地はその樹海の中ではなく、落ち着いた感じのログハウス内だった。更に、サヨナはベッドの上に居るらしい。

どうやら、二人がここまで運んで寝かせてくれたようだ。

「あの、すいません。わたし、一体……? 記憶が何かあやふやで、全員がキノコに寄生されたところまでは覚えてるんですけど、その先が……」

「僕の棒状のユージンくんを鎮《しず》めようと――」

「余計なこと言うな！　えー、寄生されてすぐに気を失ったんだ、君は。その後は俺とコルで後始末して、ここに連れ帰った。ああ、ここは樹海の先にあるコルの家な」

「うう、何だか思い返すと頭痛が……」

「ふむ。今後の伏線でしょうか？」

「防衛本能だろ」

思い出しても悲惨なだけなので、ユージンはサヨナの記憶の一部に蓋をすることを選んだ。

「ところで、結局キノコはどうなったのでしょう？」

「無事収穫出来ましたよ」

「そうなんですか。あれ？　でもあのキノコって、引き抜くには確か……」

「そういえばさあ!!　ミカガミダケの効能って知ってる!?」

コイツめっちゃ思い出そうとする――ユージンは慌てて話を変えた。そもそも今回狙ったミカガミダケは、どのような効果を持つキノコなのか？　サヨナは首を傾《かし》げる。

「すごくおいしい、とかですか？」

「味は大したことないですよ。しかし、ミカガミダケはそのまま食べると滋養強壮に富み、とりわけ下半身に絶大な効力を発揮します。不能で悩む中年期の男性に人気なのですよ」

「下半身……うっ、頭が」

「余計なこと言うなっつってんだろ！　あー、まあ、俺は商人だから、そういう需要で狩ったってのもある。が、コルは違う」

「違う、とは……？」

「ある秘薬の原料として、乾燥させて粉末状にしたミカガミダケを使うのです。その秘薬を調合して渡すまでが、今回僕が依頼された内容でして」

「依頼？　賢勇者様って、何かを営んでらっしゃるのですか？」

「い、い、い、何でも屋の何でも屋です」

「へ？」

何故《なぜ》二回同じ言葉を繰り返したのか、サヨナには分からなかった。それを読んでいたのか、すぐにシコルスキが話を続ける。

「これは喩《たと》えの一つなので、正確に自分が何の業態にあたるのかは、僕も分かりません。ただ、僕の祖父は賢にて人々を導き、そして父は勇にて人々を救った。二人と同じことをするのもつまらないので、僕はもうちょっと隙間産業を狙ったのです」

「す、隙間産業……」

「若干ひねくれた考えだよな」

「いわゆる、『誰かを救う側の者を救う』のが、僕の役目だと思っています。宮廷魔術師、王国の騎士団長、伝説の傭兵《ようへい》、王族貴族……割と居るんですよ。救いの手を差し伸べる側にもかかわらず、伸ばされたいと思っている方って。なので、そういった方々の力になることが、賢勇者と呼ばれる僕の役目ではないかと考えた次第ですね。まあ、場合によっては誰でもお救いしますが」

「意外とこう……立派で驚きました。ろくでもない印象しか持ってなかったので……」

「ははは、正直ですねえ。まあ普通に働くのが嫌だった、ってのもありますけどね」

賢勇者シコルスキ――その本質は、何を考えているのか分からない変態というわけではないようだった。とはいえまともかと言われると、間違いなくまともな人間ではないのだが。

何かを熟考しているサヨナを横目に、ユージンが話をまとめた。

「それで、君はこれからどうするつもりだ？　ここは樹海の果てにある、コルの自宅だ。そして賢勇者と呼ばれる存在は、前も言ったがコル以外には居ない。君がどう疑おうと、賢勇者に弟子入りするならコルに頭を下げるしかないし、それが嫌なら樹海を抜けて帰るんだ。俺もこの後樹海を抜けて戻るから、そこまでは送ってやるよ」

「ＮＰＣとして実に説明的な素晴らしいセリフですねぇ」

「あとコイツ殺したいなら手伝うから」

「……。あの、賢勇者様って、魔法はどのくらい使えますか」

「どのくらい、と言われましても。僕はいわゆる教本通りに学んでいないので、まあそれなりには使えると思いますが」

「あー、大体使えると思うぞ。コイツの才能だけは俺が保証するよ。人間性は知らねえが」

「……………。仮に弟子になったとして、わたしはどこまで成長出来るでしょうか?」

「それもお答えするのは難しいですねえ。もし僕の弟子になるのなら、基本的には僕の仕事を手伝いつつ、君の段階に合わせて色々と教える形になります。その中で君がどうなっていくのかは、やってみなければ分かりません。僕も弟子を取ったことなど、ほぼありませんので」

まだ疑っている部分はあったが、サヨナはシコルスキが賢勇者であることを、ほとんど素直に認めようとしていた。というか、ここで帰るという選択が、そもそもサヨナには存在していない。シコルスキが本物だろうと偽物《にせもの》だろうと、弟子を取ることが満更《まんざら》でもないのであれば、その申し出を受ける他ないのだ。彼女にはもう、帰る場所がないのだから。

ベッドから降りて、サヨナは深くこうべを垂れた。

この男に師事することを、自分で決めた、その瞬間であった。

「わたしは……無知で、無力で、無謀な凡人です。ですが、学びたいという志に偽りはありません。言われたことは何でもやりますし、ダメだと思ったらいつでも見捨ててくださって構いません。こんなどうしようもないわたしですが――弟子として、育てて頂けますか」

「別にいいですよ」

「軽いな……」

「ただし、一つ条件があります。今後、僕のことは賢勇者ではなく、先生とでも呼んで下さい。誰も彼もが僕のことを賢勇者と呼ぶので、少なくとも弟子になる君からは、他の呼び名で呼ばれたいのですよ」

「――はいっ！　よろしくお願いします、先生っ！」

（サラッと決まったけど、多分後悔すると思うがなぁ……まあいっか）

「じゃあ早速ですが、服を脱いで下さい」

「……。へ？」

師匠からの突然の申し出に、サヨナは目を丸くした。

「弟子とは即《すなわ》ち、師の言うことに絶対服従する存在です。さあ服を脱いで下さい」

「ちょ、ちょっと待ってください！　その歪《ゆが》んだ師弟観もアレですけど、何でわざわざ服を脱ぐ必要があるんですか!?」

「開発したはいいものの、試用がまだの薬が幾つかありまして。丁度いいので君に塗ろうかと」

「もしかしなくても……わたしって実験動物的な意味で迎えられた感じですか？」

「言い忘れていましたが、これから僕の実験には必ず協力して下さい。拒否したら師弟関係はそこで打ち切りますし、そのまま君を樹海へ捨てますのでそのつもりで」

「言い忘れが許されないほどヘビーな条件ですよねそれ!?」

「いや俺は尊敬するよ。普通の人間ならコルの弟子になるとか、もう死刑宣告みたいなもんだから。それを君は進んで志願したわけだ。うーん本当に凄《すご》い。じゃあ俺はこれで」

「……。やっぱりわたしも連れ」

立ち去ろうとしたユージンの後を追ったサヨナだが、突然身体《からだ》が硬直して動かなくなった。

「教えている途中で逃げられても困るので、ささっと師弟の契約を締結しました。これで君は、僕の許可無く逃走が出来ません。今みたいに身体《からだ》が固まりますよ」

「不当な契約は法律で禁止されてますけど⁉」

「不当じゃなくて正当じゃないか？　自分で弟子入りしたんだから」

「そういうことです。まあ仮に君が成長して契約を解除したとしても、樹海を一人で抜けるには全然実力が足りないでしょうし、そう簡単に僕の前から逃げられると思わないで下さいね」

「こ、怖い‼　この人怖い‼」

「ボスキャラみてえなこと言ってんな……」

「さあ、これから楽しくなりそうです。よろしくお願いしますよ、サヨナくん」

「ユージンさん！　帰る前にナイフとか置いていってください‼」

「有料だぞ。俺商人なんだから」

「そ、そんな！　じゃあどうやってわたしは先生を返り討ちにすればいいんですか⁉」

「弟子入り早々師匠を返り討ちにする計画を練るとは、大物ですねえ」

「やれやれ……コル、あんまり彼女をいじめてやるなよ。まあ、また来るわ。そんじゃな」

そう言って、行商人ユージンは去っていった。残されたのは、今後の生活に不安しかない無力な弟子と、ヘラヘラと笑っている変態のみ。

後にその名を世界へ轟《とどろ》かせることになる、賢勇者とその弟子のはじまり。

それは弟子による師匠殺害計画であったと言うが、確かなことは分かっていない――

《第二話　終》

第三話◎魔王と弟子

Great Quest
For
The Brave-Genius
Sikorski Zeelife

「いい天気だなぁ～。溜《た》まった洗濯物を干すには丁度いいや」

雲一つない青空を仰ぎながら、サヨナはそんなことを独りごちた。穏やかな一日、それは最近彼女が願って止《や》まないものである。

――ドォツォォオオォオォオオォオォオオォオォン!!

「シコっちー!!　人類滅ぼすから力を貸せー!!」

「ファ●ク……」

だがそんな穏やかな一日が許されるわけもなく、轟音《ごうおん》と衝撃と共に来訪者が現れた。吹っ飛んだ洗濯物と洗濯カゴを尻目に、憎々しげにサヨナは呪詛《じゅそ》を吐く。曰《いわ》く異界の呪詛《じゅそ》らしい。

ここのところ肝が据わるようになったのか、サヨナはそこまで動じなかった。見ると、シコルスキ邸の前に、大きなクレーターが出来上がっている。転移魔法で現れたのではなく、どうやら上空から降ってきたようだ。すわ隕石《いんせき》の擬人化か、とサヨナはぼんやり考える。

「……む？　誰だそちは？」

「こっちのセリフなんですけど……」

クレーターから這《は》い出《で》てきたのは、真紅の髪を持った少女だった。背はサヨナよりも低く、顔立ちもどこか幼さが残っている。だが一方で、胸囲がサヨナと比較にならないのはどういうことなのだろうか。無条件でサヨナは苛立《いらだ》ちを覚えた。

少女は小首を傾《かし》げつつ、サヨナをじっと見ている。ここでようやく、サヨナは来訪者が普通の人間ではないことに気付いた。（上空から降ってきた程度では人間の範疇《はんちゅう》であると考えた）

「え？　つ、角と……尻尾？」

「それがどうした？　余は魔族ぞ。道を空けい」

黒々とした一対の角と、しなやかに動く尻尾。どちらも人間では持ち得ないものであり、そして少女は自身を魔族と称した。これまで結構な魔物と遭遇したことのあるサヨナだったが、流石《さすが》に魔族との交流はない。ごくり、と唾を飲んで対応する。

「あの、何か先生に御用でしょうか？」

「んむ。下々に話すようなことではない。御用聞きか、そちは。ならば何も言わず通せ」

（さっき人類がどうのこうの言ってた気がする……）

仮にこの魔族の少女が悪漢だとしたら、サヨナは弟子として追い払う必要がある。が、人間の悪漢ですら倒せるか微妙なサヨナが、人間など軽く一捻《ひとひね》りする魔族に勝てるわけもない。

でもまあ多分師匠のシコルスキならば、魔族相手でも何とかなるだろう。

割とドライな考えで、サヨナは先んじて師を呼びに戻ろうとした。

「結構な物音がしましたが、どうしました？　隕石型《いんせきがた》の郵便屋でも――」

「おお、シコっちか！　久方振りだな！　余が来てやったぞ！」

「誰かと思えばカグヤさんですか。今日はお一人で？」

「んむ。余はもう一人でおでかけ出来るのだ！」

「偉いですねえ。立派に育って……」

「どこ見て言ってんですか」

胸元ばかり見ているシコルスキに、サヨナは咎《とが》めるように呟《つぶや》いた。一方でカグヤと呼ばれた少女は、えっへんと胸を張っている。どうやら二人は既知の間柄らしいが、サヨナは全くその関係性が分からない。取《と》り敢《あ》えず師のローブの裾を引っ張って訊《たず》ねる。

「先生、誰ですか彼女は？　何かさっき魔族って言ってましたけど……」

「む。おい、シコっち。その御用聞きの下々は何だ？　新しく飼った奴隷か？」

「そんな双方向から話し掛けられましても。胸の大きい方からお答えするしかないじゃないですか。奴隷です」

「そうか、奴隷か！　ならば余の奴隷でもあるな！」

「先生。殺しますよ？」

「冗談ですよ、サヨナくん。ここのところ殺意の出し方がとみに上達してますね、君」

「おい奴隷！　余をシコっちの邸内へ案内しろ。これは命令ぞ」

「……奴隷じゃありません。わたしにはサヨナという名前がありますし、先生の弟子でもあるんです。失礼な態度を取るのなら、案内しません」

強気にサヨナが言い返した。思わずシコルスキも舌を巻く。

一方でカグヤはその態度が癇《かん》に障《さわ》ったのか、目付きを鋭くし、犬歯を露出させて唸《うな》った。

「立場というものを分からぬようだな、奴隷。最早《もはや》泣いて許しを請《こ》うても遅いぞ？」

「う……。わ、わたしを殺したら先生の逆鱗《げきりん》に触れますよ！」

「――それはまことか、シコっち？」

「えっ？　逆鱗《げきりん》？　何かのレア素材ですかね？」

「きょとんとしているではないか！」

「これはこの人なりの怒りの表情なんです。知らないんですか？」

「む――し、知っているに決まっておろう！　余を愚弄するか、奴隷！」

「だから、奴隷じゃありませんってば！　もう帰ってください！」

「帰らぬわばーか！」

「ば、バカって言った方がバカなんですけど⁉　ばーか！」

「これは参りましたねえ。本来ツッコミ役であるサヨナくんと、新キャラであるカグヤさんがいがみ合ってしまった。これでは僕がふざけても置いて行かれてしまう――そうだ！」

閃《ひらめ》いたシコルスキは、宙空に円形の大きなサインを描く。それは一度明滅すると、さながら排出口のように、何かをぽんっと吐き出した。

どさり、と地面に放り出されたのは——全裸のユージンであった。

「…………………。は？」

「出番ですよ、ユージンくん」

「いやああああああああああああああああああああああ⁉」

「な、何ぞおおおおおおおおおおおおおおおおおおおおお⁉」

「…………いや、え？　は？」

「出番ですよ、ユージンくん」

「何が？　いやマジで」

「あの二人を止めて下さい。今の君なら出来るはずです」

「なあ。あのさ、俺さっきまで女の子とデートしててさあ、まあ結構いいところまで行ってたわけだ。っていうかもうベッドインの寸前だったわけだ。だから服着てないわけだ。分かるか？」

「それは丁度良かった！」

ユージンの渾身《こんしん》の一撃が、シコルスキの顔面を捉えた。枝を折るような音が響いたので、多分鼻の骨辺りが粉砕したのだろう。鼻血を噴出しながら、シコルスキが吹っ飛ぶ。

「ぶべらあ！」

「丁度良《い》いわけあるかこのクソバカタレがぁ!!　お前はホント昔っからいつもいつも!!　狙ってやってんのか!?　ああ!?」

「三話でも出るって……君が前に言ってたから……」

「何の話だゴラァ!!」

「お、おいそこな変態！　シコっちにそれ以上手を出すな！　余が成敗してくれる！」

「うるっせえ掛かって来いやオラァ!!　こちとら全裸じゃあ!!　怖いモンねえわ!!」

カグヤが放った光弾を、ユージンは素手で叩《たた》き落《お》とし、そのままズンズンと近付いていく。

「ひいいいいいいいい！　と、止まれ変態！　止まれってば！　た、助けてシコっち！」

まさに事案発生の瞬間であった。

「ユージンさんがおかしくなっちゃった……」

「デート相手の幼女が余程気に入ってたのでしょうね」

「何でもう全快してるんですか……。って、ユージンさんを止めてくださいよ！」

「彼は子供の頃から怒ると怖いんですよね。普通に僕より強いので無理です」

「何者なんですかあの人!?」

行商人のはずではなかったのか――サヨナの疑問を置き去りにして、ひとまずシコルスキはユージンの方へと手を向ける。あのままでは事案を発生どころか発展させかねない。

「何より、カグヤさんは本作における貴重な女キャラです。しかも巨乳枠——その存在価値は断崖絶壁のサヨナくんとは比較にならない！　すぐに助けましょう！」

「いちいちわたしへ喧嘩《けんか》売らないと行動起こせないんですか？」

「必殺！　落とし穴！」

「無視かい！」

ボコッ！　という音と共に、三人の視界からユージンが消失した。

正確に言うのならば、突如として地面に空いた穴へと落ちた。これぞシコルスキの必殺魔法、『一瞬で落とし穴生成』である。

「た、助かった……礼を言うぞ、シコっち。今度褒美《ほうび》を取らせようぞ」

「そもそも原因この人なんですけど……」

「悪漢はこれにて退治しました。サヨナくんにも今度この魔法を教えますよ」

「ありがたいんですけど友人を悪漢呼ばわりします、普通？」

「しかし深い穴よの。どのくらいあるのだ？」

「そうですねえ。異界の単位で言うなら十メートルぐらいです」

「即死圏内じゃないですか!!」

「んむ……。異界の単位は余には分からぬ……」

穴の底は真っ暗で何も見えない。普通の人間ならば余裕で死んでいる深さだが、そこは長年の付き合いによる信頼なのか、シコルスキは再び転送魔法でユージンの衣服を喚《よ》び出《だ》し、穴の中へと放り込んだ。これを着てそのうち這《は》い出《で》てくるだろう、とのことである。

「兎《と》にも角《かく》にも、お二人がクールダウン出来たようで一安心です。喧嘩《けんか》はいけませんよ」

「こんなクールダウンのさせ方がありますかね……」

「見知らぬ人間の全裸など見とうなかったぞ……」

「では、改めて自己紹介をしておきましょうか。彼女はサヨナくん。僕の弟子です」

「……どうも」

「奴隷ではないのか……まあよい。余は《カグヤ・アテーリア》ぞ。真名《まな》は長いゆえ省く。由緒《ゆいしょ》正しき魔族にして、魔を統《す》べる王たる存在よ」

「要は魔王ですね」

「……。へ？」

「呆《ぼ》けた顔をするな、下々よ。そう驚くことではあるまい？」

「いや、驚くっていうか……」

　魔王——それはかつて、人類を苦しめていた元凶である。圧倒的な力であらゆる人間の強者《つわもの》達《たち》を屠《ほふ》り、また散発的であった魔物達《たち》の行動を統率、一個の軍として纏《まと》め上《あ》げた。その結果として長年、人類は魔王の前に苦汁を舐《な》め続《つづ》けていた。

　だが、そんな魔王を遂《つい》に倒した英雄が現れたのだ。名を《ドゥーリセン》と言い、つまりはシコルスキの父である。魔の時代に終止符を打った英雄として、後世までその名が語り継がれるであろう大傑物だ。流石《さすが》にそのくらいの知識は、世間知らずだったサヨナにもある。

「……魔王って、先生のお父様が倒したはずじゃ？」

「それは余の父だ。余は先代魔王ただ一人の娘にして、当代魔王というわけよ！」

「当時はまだ彼女も幼く、幼女趣味ではなかった父は終《つい》ぞ手を出せなかったそうです」

「普通に幼い少女には手を出さなかったって表現でいいのでは？」

「ふん。人類の最大の過ちよの。この余を手に掛けなかったこと、必ずや後悔させてくれる」

「一方で父の仲間にして、ユージンくんの父である剣士《ホーユウ》氏は、目の色を変えていたとかいないとか……」

「サラッとユージンさんの出自が露《あら》わに……。あと呪われた血筋なんですね、あの人」

「俺がその血を完全に継いでるみたいな言い方するな！」

落とし穴から、服を着たユージンが這《は》い上《あ》がってきた。土にまみれているが、目立った外傷はない。シコルスキはともかく、この行商人も結構な化け物ではないのかと、サヨナはやや軽蔑の目を向けながら思った。軽蔑の理由は呪われた血筋であるからだ。

「ご無事でしたか、ユージンくん」

「お前何でもう全快してんの？」

「ツッコミ入れる箇所がシャープですね……。怪我《けが》してないユージンさんも大概ですけど……」

「シコっち。この変態は何ぞ？」

「ロリコンの露出狂ですよ」

「サヨナ嬢、武器とか余ってねえか？　殺すわこいつら」

「やっぱり幼女以外は敵なんですか？」

「君も殺すわ」

まだ怒りが収まっていないのか、今日のユージンは随分と攻撃的だった。が、シコルスキは構うことなく「取《と》り敢《あ》えず全員中へどうぞ」と、話を進める。このまま帰るかと思われたユージンだったが、案外一緒に付いてきた。

「それで、カグヤさん。本日はどのようなご用件で？」

「んむ。シコっち、余はそろそろ人類を滅ぼしたい。手伝え」

「は？　コイツ危ねえな。殺せ」

「まだ怒ってるんですね……」

滅ぼすだの殺せだの、何だこの殺伐空間は——そう思うサヨナだったが、黙っておいた。

「手伝え、と言われましてもねえ。僕はその人類側ですし。分かりました、と素直に首を縦には振れませんよ？」

「それは承知の上ぞ。頼みは他にある。そっちを手伝って欲しい」

「具体的には？」

シコルスキがそう訊《き》くと、カグヤは若干顔を歪《ゆが》めた。何やら、サヨナとユージンの方をチラチラと窺《うかが》っている。そして、おもむろにカグヤは吠《ほ》えた。

「そこな下々と変態！　これは余とシコっちの密談にある！　無関係な下郎は立ち去れい！」

「お断りします。先生に付き従うのが弟子の務めですので」

「別に去ってもいいけど、お前の態度が気に食わない。よって残る」

「ぐうう……シコっち！　何だこの無礼な連中は！　余は魔王ぞ⁉」

「え？　魔王なのかコイツ？　ならガチで危ないヤツじゃねえか。殺せ、もしくは俺が殺すわ」

「カグヤさんはそこまで危険ではありませんよ。手出し無用です」

「いや余は危険に決まっておろうが！　魔を統《す》べる王だぞ！」

「客観的に見たら一番危ない発言が行商人って、これ一体どういう状況なんですかね」

結局、サヨナもユージンも全く折れないので、仕方なくカグヤが譲歩した。このままでは埒《らち》が明かないと思ったのだろう。ごほんと咳払《せきばら》いし、大きく息を吸い込む。

「――部下がいない‼」

「ぱ？」

「に、二度は言わぬ。余にも矜持《きょうじ》というものがある。相手がシコっちだからこそ打ち明けるのであって、本来ならばそこな下々と変態には聞く権利すら無いのだぞ」

「言葉が足らないので勝手に補足しますが、つまりカグヤさんは現在部下の不足に悩まされている、という認識で構いませんね？」

「………んむ」

恥ずかしそうにカグヤは小さく首肯した。仮にも魔王である以上、部下が居ないという悩みは、本来ならばおいそれと言っていいものではないのだろう。人間で言うなら『友達・切いませーん』と喧伝《けんでん》するようなものである。それは確かに恥ずかしいとサヨナは思った。

「因《ちな》みに、部下は現状何名でしょう？」

「………。一人……」

「それはそれは、中々の腹心ではないですか」

「魔を統《す》べる王だぞ！　って……」

「全く統《す》べられてねぇな」

「う、うるさいうるさいだまれだまれ！　この無礼者めら！　余を誰と心得る⁉」

「魔を統《す》べる王（笑）ですよね？」

「それでよく恥ずかしげもなく魔王って名乗れたな……。魔王って店名の自営業か？」

「ここぞとばかりに二人に叩《たた》かれてますねぇ」

完全にカグヤは涙目になっている。どうやら本気でコンプレックスのようだ。

魔王の在り方とは、最強の存在であると同時に、人間で言うなれば一国の王であり、そして群れとしての頭である。秩序に欠ける魔物を、力という本能に基づくルールで纏《まと》め上《あ》げ、その結果として率いたことこそ、人間から見て魔王が最も恐ろしいとされた部分だ。

カグヤは確かに血筋的には魔王なのかもしれないが、統率者として致命的に若かった。何より、人間との争いが終結してから台頭したが故に、あらゆる経験に乏しい。

魔物達《たち》は一枚岩ではない。そんな血統だけで実績もないカグヤの言うことを、全く誰も聞いてくれないのである。

——以上を小声ながらカグヤが話し、大声でシコルスキが補足した。

「ドラ息子が継いで破綻した一族経営みてえな話だな……」

「散々偉そうにしてた割には、お粗末な話ですね～」

「んむううう……」

「ところでサヨナくん。君には友人が居ますか？」

「ふふん。バカにしないでくださいよ、先生。昔実家に仲良しな犬が居ましたからね！」

「友人聞かれて最初に出て来たのが犬の話って、それもう充分やべえからな？」

「まさかの同レベルとは、たまげましたねえ」

「ちょっと！　犬は人類の友って言うじゃないですか！　犬をバカにしないでください!!」

「バカにしてんのは犬じゃなくてお前だよ」

じゃあお前達《まえたち》に友人は居るのか——そう聞き返したかったサヨナだったが、冷静に考えればこの二人は幼馴染《おさななじみ》の間柄だった。その時点でサヨナの負けは確定している。

「僕はユージンくん以外にも友人が居ますけどね。犬……サヨナくんとは違って」

「何か悪いな。君の交友関係が人外にしか及んでないとは思わなかった」

「フン。余ですら部下が一人居るのだぞ。所詮は下々——いわゆるボッキよの」

「勃《た》たすな」

「ぼっちじゃないもん……。犬可愛《かわい》いもん……」

「ふむ。ではそろそろ本題に入りましょうか」

弟子の傷を抉《えぐ》るだけ抉《えぐ》って、シコルスキはカグヤの部下問題に考えを巡らせた。これは言うなれば魔に与《くみ》する利敵行為なのだが、この賢勇者にはそういったしがらみはないらしい。

或《あ》るいは、何か深遠な考えがあるのか——

「取《と》り敢《あ》えずサキュバスとラミアとハーピー辺りは外せませんねえ。無論全員巨乳で」

——いやないわ。性の欲しかないわ。サヨナは嘆息した。

「何か手があるのだな、シコっち！」

「ええ、まあ」

「おい、コル。仮にもコイツは魔王だろ。下手に協力していいのか」

「僕も少々それを迷っていまして。このまま普通に話を進めてしまうと、大した山場もなく三話が終わってしまう……それは良くない」

「さんわ？　おい下々、シコっちがたまに良く分からないことを言うのはなにゆえだ？」

「まともではないからです」

「破門されるレベルの暴言を平然と吐くなよ……」

倫理的な問題ではないところで、シコルスキには思うところがあるようだった。

しばしの間、賢勇者は悩む様子を見せつつ、やがて「そうだ！」と言う声と共に立ち上がった。ろくでもないことを思い付いたな――長年の勘でユージンが察する。

「第一回！　チキチキ！　ご奉仕上手はだーれだ？　大会～！」

「…………」

「…………」

「んむ……？」

「はい、じゃあメイド服を用意したので、サヨナくんとカグヤさんはここで着替えて下さい」

「この空気の中でよく司会進行出来ますね」

「ミスリル製のメンタルしてんなお前」

「余にも分かるように説明をせい！　これは一体何だと言うのだ！」

「……。こう言ってはアレですけど、この人魔王の割にかなりまともですよね」

「何か没個性気味だよな」

「どうして余を愚弄する流れに持っていく⁉　余は魔王ぞ⁉」

「持ちネタの引き出し少ねえなコイツ！」

やいやい言う三人を尻目に、シコルスキは既にメイド服を二着用意している。どうしてそんなものを持っているのか、そんな疑問を差し挟むような常識は最早《もはや》弟子にはない。あるものはある——それがシコルスキ邸で暮らしていくコツである。

パンパンと手を叩《たた》き、シコルスキが注目を集めた。

「えー、興奮の坩堝《るつぼ》にあるところ悪いのですが、今大会の趣旨を発表します。カグヤさんに手放しで協力するのは、多少の人道的見地から見て抵抗が無《な》きにしも非《あら》ずなので、ここは一つ僕の弟子であるサヨナくんと勝負をしてもらいます。おあつらえ向きに、君達《きみたち》二人はあまりそりが合わないようですし。カグヤさんがサヨナくんに勝てば、僕は依頼を無償で果たしますよ」

「……余が負けたら？」

「紙上では言えません」

「一番怖い回答……」

「何するつもりなんだよ」

「出版レーベルが変わるとだけ言っておきましょうかね。じゃあ勝負の内容を伝える前に、今ここでこのメイド服へ着替えて下さい。さあ早く！　ここら辺が挿絵になるんでね！」

「挿絵……何とも甘美な響きよの。んむ、悪くない！　ならば余が手ずから、そこの下々をこてんぱんにしてやろうぞ！」

「こんな無理矢理な話の展開で大丈夫なんですか？　この小説」

「君も発言内容が徐々に師匠《アイツ》へ寄っていってるって自覚あるか？」

というわけで、サヨナは嫌々ながら、カグヤは割とノリノリで、シコルスキより手渡されたメイド服へと着替えるのであった。（部屋の外で）

「着替えましたけど……」

「待たせたな！」

現れた二人を見て、シコルスキとユージンは同時に声を漏らした。

「貧困問題」

「民主主義」

「なんなんですかその悪意ある表現は⁉」

「シコっちは余の知らん言葉をよう知っとるのう……」

メイド服自体は、王城や貴族の屋敷《やしき》で見掛けるような、オーソドックスなものだ。黒地のワンピースに対比するように、真っ白いエプロンを組み合わせている。いわゆるエプロンドレスであり、肩口や袖口、裾には可愛《かわい》らしいフリルがあしらってある。また、頭飾りとして、二人共ホワイトブリムを着用していた。山なりにレースが付いていて、何とも可愛《かわい》らしいデザインである。サヨナもカグヤも本職のメイドではないものの、見てくれだけは美少女然としているので、世辞を抜いたとしてもよく似合っていると言えるだろう。

なお、ドレスのタイプはロングドレスである。これはシコルスキの強いこだわりであった。

スカート丈が短いメイド服は邪道とのことであるが、特に他三人からの共感は得られなかった。

もっとも——野郎二人が注目したのは全体像ではなく、主に胸部である。転落死確実の断崖絶壁であるサヨナとは対照的に、カグヤは双丘が出来上がっていて、どうも苦しそうだ。

これはメイド服の作成者がシコルスキであり、そして採寸相手がネバーネバースレンダー（最早《もはや》どうしようもないの意）な板弟子、もとい愛弟子《まなでし》のサヨナだからである。

「とまあこんな感じで、挿絵用に長々と業務用地の文を入れました」

「業務用地の文⁉」

「やめましょうよそんな言われたから書いた的なこと呟《つぶや》くの‼」

（くるしい）

そんなこんなで女同士の醜い争いが、今ここに火蓋を切る——

「じゃあルール説明をします。そこに色々用意したので、我々へご奉仕して下さい。ご奉仕ポイントが高い方が勝者です。制限時間は数ページ！」

「すうぺーじ……？」

「それ時間の単位じゃねえから」

「っていうか、ルールが超アバウトなんですけど……。五歳児でもまだマシなルール整備出来ますよ」

「『主人へ口答えする・マイナス10点』……と」

「もう始まってるんですか⁉」

「奉仕のタイミングによーいドンは無いんだぜ、サヨナ嬢」

「何かこの人もちょっと乗り気だし……。わざわざしょうもない格言じみたこと言って……」

「『コイツ腹立つ・マイナス20点』」

「喋《しゃべ》るだけでわたしが窮地に‼」

「言い忘れていましたが、カグヤさんに負けたら君はフランス書院文庫の刑ですよ」

「極刑⁉」

「ええ――その時はフラ書によって増やして差し上げましょう。君の語彙をね……」

「だからフラ書は国語の教科書じゃねえよ‼」

「ちゅ、抽送って単語なんかわたしは知らないっ……！」

「今から教え込まれるムーブやめろ！　つーか喋《しゃべ》ってばっかで奉仕に赴かねえな君は！」

既にカグヤはシコルスキが用意したご奉仕アイテムを、あれやこれやと取捨選択している。

その姿は非常に真面目で、この上なく作風にマッチしていない。魔王という圧のあるポジションさえなければ、モブ以下の活躍しか出来なさそうだ――サヨナは残酷な評価を敵へ下した。

既にキャラ立ちの危うい魔王カグヤは、自信に満ちた笑みと共に、奉仕アイテムを手にした。

「メイドは余の城にも居たからな！　つまり、同じことをすれば余の勝利は揺るがぬ！」

「何か眩《まぶ》しいな……」

「カグヤさんに毒気が無さ過ぎて、この話自体がボツ食らいそうですねぇ」

「じゃあ出すなよそんなヤツ……」

「何をぶつくさ言っておる？　ほれ、シコっちよ！　背を向けい！」

「分かりました。肩でも揉《も》んで頂けるのでしょうかね？」

くるりと背を向けたシコルスキに、カグヤはゆっくりと近付く。よくよく見ると、その手には裁縫用の糸があった。が、針はない。一体何を——ユージンが考えた瞬間、カグヤはシコルスキの首周りに糸を巻き付け、両手で思いっ切り外側へと引っ張った。

「死ねいっ！」

「奉死⁉」

「ぐおあぁぁあぁぁあ……‼」

「せ、先生っ！　…………、…………。あ、わたしもうちょっと奉仕アイテム探しますね〜」

弟子は師の窮状に対し、見ないフリを選んだ。いっそ死ねばいい、とすら思ってそうだった。

一方カグヤはキラキラとした表情で、シコルスキの命《タマ》を全力で殺《と》ろうとしている。仕事人もかくやというご奉死に、既に賢勇者の顔色は熟れたぶどうっぽくなっていた。が、糸の強度が先に音を上げたらしく、ぶつりと糸は切れてしまう。仕事失敗！

「んむ……糸が耐えられなんだか」

「おい、生きてるか、コル」

「『首絞めプレイ・プラス20点』……」

「加点すんの!?」

「あ、終わりました？　何であなた先生殺そうとしたんです？」

「はあ？　下々よ、メイドとは常に主君たる者の命を狙う存在であろう？　余もこれまで、あの手この手でメイド共に暗殺を謀《はか》られたものよ。まあ、全て返り討ちにしてやったがな！」

「へー（棒）」

「興味無いなら聞いてやるなよ……」

魔王の悲しい家庭環境に微塵《みじん》も流されず、サヨナは自分のターンとばかりにティーセットをお盆に乗せて配膳を始める。王道と言えば王道、お茶の時間というわけらしい。

「お待たせしました、ご主人様。紅茶でございます」

「意外と様になっていますねえ。胸板は薄い割に演技は厚いというわけですか」

「手がお滑り遊ばせた!!」

サヨナがティーポットをシコルスキに投げつける。が、シコルスキはひらりと身を躱《かわ》した。

がしゃん、と陶器製のポットが粉々になる。

「『殺意・マイナス15点』……と」

「とんでもございません、ご主人様。ドジっ子メイドにございますわ」

「自分で言うな」

「ふん。投げ方が甘い。もっと叩《たた》き付《つ》けるようにぶつけねば、かすりもせぬぞ。余ならば今の一投で、シコっちの全身熱傷確実だったわ！」

「んでこっちは趣旨を勘違いしっぱなしじゃねえか！」

「先程からぎゃーぴーと小うるさいそちらの幼女趣味のご主人様も、遠慮なさらずにお召し上がりになってくださいまし」

「『コイツクソ腹立つ・マイナス40点』……まあ飲むけど」

カップに口をつけて、ゆっくりと紅茶を飲むユージン。その様は実に庶民的で、特に優雅さや優美さは感じられない。幼女趣味という呪われた血が、一切の格式を台無しにしていた。

「お味はいかがでしょう？」

「まず紅茶を淹《い》れる時は一度湯冷ましした水を使うべきなんだよな。使った水の雑味が茶葉本来の旨味《うまみ》を殺すって理解出来るか？　それと紅茶の適温は大体70～80度だ。沸騰した湯ですぐに淹《い》れると葉が開き切らない。もっと言うとカップは事前に人肌程度に温めておかないと、ポットから注いだ時に冷えたカップが紅茶の温《ぬく》もりを殺すだろうが。その辺りを分からずに、とりあえずそれっぽく淹《い》れましたって顔してんのが気に入らねえわ。まあ何が言いたいかって言うと、マイナス10点。あと俺は幼女趣味じゃねえよボケ追加で更にマイナス20点」

「小うるせえ‼」

所作はなっていなくとも、小姑《こじゅうと》並に味にうるさいユージンだった。メイドの身分を忘れて、サヨナが思わず吠《ほ》える。なお、ユージンに紅茶の知識はない。

「まあ紅茶を淹《い》れたのは僕なんですけどね」

「ふーん。普段はどっちがそういうのやってんだ？」

「僕ですねえ。サヨナくんは料理と洗濯が出来ないので」

「穀潰しかよ」

「い、今必死に覚えてる最中なんです!!　それに洗濯は出来ますよ!!　干すのと取り込むのはわたしの仕事じゃないですか……!!」

「ふふ、そうですね。いつも感謝してますよ」

「子供にわざわざ簡単な家事を手伝わせてるオカンかお前は」

こいつらの普段の生活が若干気になったユージンだった。シコルスキは元々一人で暮らしているので、ああ見えて家事スキルは高い。一方でサヨナは家事スキルが殆《ほとん》ど無い。メイドの真《ま》似《ね》は上手のようだが、実態は伴わないようだ。要は――マイナス点！

サヨナがいじられている中で、凡魔王はモップを持ち、ブンブンと素振りしている。これほどまでに次の展開が読める準備動作があるだろうか。

「変態！　そこに立てぃ」

「何で俺なんだよ……」

「動いたら殺すぞ。だがジッとしていれば一瞬で葬《ほうむ》ってやろう。好きな方を選ぶがいい！」

「二択に見せかけた一択やめろや」

「お掃死《そうじ》ですねえ」

「死ねえっ‼」

カグヤが全力で振り抜いたモップは、音の速さを超えて衝撃波を生み出した。その威力は腐ってても魔王であり、シコルスキ邸の窓ガラスが砕け散り、椅子や机、ついでにサヨナが吹っ飛んだ。こんなもの、直撃すれば人間など粉微塵《こなみじん》になるだろう。

が、ユージンは左腕でモップを受け止め、カグヤから無理矢理モップを引き抜いて奪い取り、その柄で彼女の向《む》こう脛《ずね》を強打する。怯《ひる》んだ隙に今度は上段の構えから思いっ切りモップを振り下ろし、魔王の脳天に叩《たた》き付《つ》けた。

「ふぎゃあぁ！」

「『踏み込みが足りない・マイナス20点』」

「エリート兵⁉」

「これはカグヤさんが無謀でしたねえ。ユージンくんの切り払いレベルは9なので」

「三話にして人外レースのトップに躍り出てますよあの人……」

だから何で行商人やってんだ、とサヨナは思わずにはいられなかった。ただの人間が喰《く》らえばスイカ割り状態になりそうなユージンの一撃だったが、魔王は取り分け頑丈なのか、カグヤは巨大なたんこぶが出来るだけで済んでいる。

が、殴られたことがなかったのか、べそをかいていた。リアクションも凡だった。

「うぐうう……父上にも殴られたことないのに……」

「……。大丈夫ですか？」

流石《さすが》に泣かされたのを不憫《ふびん》に思ったのか、サヨナが濡《ぬ》らしたタオルをカグヤのたんこぶにあてがった。涙目でカグヤがサヨナの方を見上げる。

「し、下々……。そちは……。…………ん…………？」

「…………」

妙に頭部がスースーすることにカグヤが気付く。一度気付くとそれは加速度的に冷たさを増し、やがて耐え難い程のスースー感が魔王を襲った。並びに、ここで目の前の悪女の口元が、ぐにゃりと三日月形に歪《ゆが》んでいることを確認する。

「むぎゃあああああああああ！　あ、頭がひやひやするうううううううう！」

「あーっはっはっはっは！　今更気付いても遅いですよ!!　タオルにはたぁーっぷりと、先生特製ミント液を染《し》み込《こ》ませておきましたからぁ!!　さあ、地獄の冷気に悶《もだ》え苦《くる》しむがいい!!」

「あんなヤバイやつだったっけ？　お前の弟子」

「いやいや。僕の教育ではなく、多分アレは彼女が元々持っているモノの発露ですよ」

「ひいいいいいいいいいいいん！」

「生意気な巨乳は我が眼前ですべからく死すべしッ!!」

「『魔王より魔王の真似《まね》が上手《うま》い・プラス20点』」

「『私怨《しえん》・プラス15点』」

メイド感が一切関係無い部分で、サヨナはようやく男二人から加点された。元々根に持つタイプなのか、それとも巨乳がガチで嫌いなのか、そもそも性根が腐っているのか、或《ある》いはそれら全てか——いずれにせよ悪女の片鱗《へんりん》を魔王相手に見せ付けたのであった。

こうして、シコルスキ主催の妙な大会は無事滞り無く終了し——

「結果発表〜〜〜！」

「お疲れさん。お前ら後で本職のメイドに土下座してこいよ？」

「何でですか！」

「余はもう帰ってベッドで眠りたいぞ……」

「いやあ、大体全員が株を落とせた、素晴らしい戦いでしたね。では激戦を終えたお二人は、今のお気持ちを率直にどうぞ」

株を落として何故《なぜ》喜ぶのかは不明だが、とにかくシコルスキが労《ねぎら》いの言葉を掛ける。

サヨナは一度咳払《せきばら》いをして、ドヤ顔をキメた。

「まあ、メインヒロインは負けませんから」

「遺言は死んでから言え」

「戯言《ざれごと》は西尾維新《にしおいしん》になってから言うように」

「異様に辛辣!?」

「何だか、余ってあんまりすごくないのかなぁ、って思いました。まる」

「この僅か数ページで成長したな……」

「世界は広いですからねぇ。いかに魔王といえど、それを上回る怪物はどこにでも潜んでいるものですよ。この経験を活《い》かして、これから頑張って下さいね」

ぽんぽんと、シコルスキがカグヤの頭を軽く叩《たた》いた。「んむ……」とだけこぼし、カグヤが目線を下げる。にこりとシコルスキは笑い、そして叫んだ。

「というわけで勝者はカグヤさんでぇぇぇぇぇぇぇ～～～す!!」

「……んむ？」

「…………………ん？　あ、すいません。疑惑の判定に対しリクエストお願いします」

「ねえよそんな制度は！」

「じゃあどうしてわたしが負けてるんですか!?　ありえないでしょ!?　誤審だ誤審!!」

「お前のその謎自信の源泉を叩《たた》き潰《つぶ》してやりたい」

「正直、どちらが勝っても納得のいかない名勝負でしたが、公平性を期すために、あえて我々審判団から説明をしましょう。今回の勝負の肝であるご奉仕ポイントには、表立って発表されるポイント、通称技術点とは別に、内部的にもう一つのポイントがあります。その名も芸術点！」

レトロRPGのダメージ算出方法を解説するヤツ的なノリで、シコルスキが勝敗の分け目となった隠しポイントについて触れる。芸術点、それは即《すなわ》ち――

「何とカグヤさんは巨乳なので僕から1000点の加点、サヨナくんは貧乳なので1000点の減点が行われていたのです‼　一方ユージンくんはロリコンなのでどちらも加減点無し‼」

「八百長《やおちょう》も裸足《はだし》で逃げ出す糞《くそ》ルール⁉」

「何か喋《しゃべ》る度に敵を増やすよなお前はよォ」

始まる前から既にサヨナは負けていた――じゃあこれまでのやり取りは一体何だったのか。激しい虚《むな》しさと、それに並び立つ程の怒りで、サヨナは師が突然死しないかなと願った。

一方で勝者となったカグヤは、微妙な顔をしている。

「確かにシコっちから渡されたこのメイド服は、胸の辺りの締め付けが苦しかったんが……それが原因で勝ったというわけか？　んむぅ……あんまり納得がいかぬのう」

「すいませんね。最近採寸するのに便利な相手が少年体型なもので」

「少年体型⁉」

「とはいえ、勝ちは勝ちよの。下々よ、悪いが頂点に立つのは余、ただ一人だ。そちの健闘は見事なものであったが、所詮は人間。この現実を泣く泣く受け入れるがよい」

「いやあなたこそ、最後の辺りは泣いてただけじゃないですか」

「そもそもこんな勝負でマジになる方が負けだからな？」

「では勝負も付いたことですし、忘れがちな本題を進めましょうか。カグヤさんの依頼である、部下をどうにかして増やす方法。今からそれの解決手段をお見せしますよ。皆さん、外へ出て頂けますか？」

不敵な笑みを浮かべながら、シコルスキが提案し、部屋を出て行った。「そういえばそんな話であった」と、既に色々と趣旨がズレていたカグヤも後を追う。サヨナとユージンも、どこか嫌な予感をひしひしと感じつつ、外へ出る——

＊

「先生。何をするのかは分かりませんが、本当にやるんですか？　ここまでやっておいて今更ですけど、相手は魔王ですよ？　与《くみ》するのはちょっと……」

「約束は約束であろう。反故《ほご》にすることは余が許さぬ！」

「幼馴染《おさななじみ》が人類の敵になるのを、まさかこの目で見届けることになるとはな……」

「ははは。心配には及びませんよ。人類であるサヨナくん達《たち》も、魔族であるカグヤさん達《たち》も、双方が納得出来る方法がありますから」

そう断言されると、誰も何も言い返せない。常に余裕を感じさせる言動しかしないのは、賢勇者たる所以《ゆえん》であるが——シコルスキは静かに、虚空《こくう》へ魔法陣を描き始める。

「何をしているんですか？」

「この魔法は少々発動に時間が掛かりまして。召喚魔法の一種ですよ」

「召喚……？　シコっちの考えは、余にはとんと読めぬ」

「変なモン喚《よ》ぶなよ。頼むから」

考えられるパターンとしては、シコルスキが喚《よ》んだ何かを、そのままカグヤの配下につける──というものだろうか。その場合、召喚物はシコルスキの命令通りに動く。

もしカグヤが滅茶苦茶《めちゃくちゃ》やろうとしても、事前に止めることだって容易だ。それでいて、普段はカグヤの下につけていれば、部下としても働くことが出来る。解決方法としては、かなりスマートかもしれない。

「さて──皆さん下がっていて下さい。今から喚《よ》ぶのは、少しばかり大きいのでね」

「お、おお……そのような大物が余の部下になるのだな。これは楽しみであるぞ！」

「暴れたりしませんかね……？」

「分からん。俺、魔法はからっきしだから」

宙空の魔法陣は激しく明滅し、立ち上る魔力がシコルスキの髪の毛とローブを巻き上げる。まだまだ青いサヨナではあるが、これがかなり強力な魔法であることは分かった。それをこうも簡単に行使する師は、中身はアレでもやはり凄《すご》い。

久々に見る師の勇壮な姿を、サヨナは目に焼き付けておいた。

「我が命に応じ出《い》でよ――――《アド・レイス》！」

光は凝縮され、次の瞬間には膨れ上がり、爆音と共にシコルスキ邸一帯を飲み込んでいく。

思わず三人は目を閉じ、耳を手で覆った。やがて、プシューっと、空気が抜けるような音と共に、巨大な何かが現れた気配がする。

ゆっくりと、サヨナは目を開けた。そこには――

〒102-8584
東京都　千代田区富士見《ふじみ》　1-8-19
電撃文庫編集部
「魔王軍応募係」

「何ですかこれ⁉」

「異界にあるという謎の組織、通称《悪の巣窟《KADOKAWA》》と言うらしいのですが、その本拠地です。《アド・レイス》はその本拠地の場所を、こうして目に見える形で表示する秘術ですよ」

「何で全方向に喧嘩《けんか》売り飛ばしてんだよ‼　消されんぞ⁉」

「大丈夫ですよ。これ初稿なので」

「改稿でカットされる前提で物を言うな‼　今読まれてるってことは残ってんぞオイ！」

「心配症ですねえ、ユージンくんは。分かりました、では《慈善事業団体《KADOKAWA》》と呼びます」

「おもねる場所が全然足りてないですよ‼」

形容し難い威容を以《も》ってして、シコルスキの召喚物は輝いている。その様はさながら、飛沫《ひまつ》作家など指先一つでぶっ殺せるとでも言いたげだった。とてもこわいぞ。

それはともかくとして、なにゆえこんな危険物を喚《よ》んだのか。カグヤの疑問に対し、シコルスキは千代田区富士見《ふじみ》の『富』の辺りを手で撫《な》でながら答えた。

『ニャァ～ン……』

（鳴くんだ……これ……）

「使い方としては実に簡単ですよ。ハガキというアイテムに、これを読んでいる君の考えたオリジナルキャラクターを記載し、当住所へ送って頂ければ、阿南《あなん》と土屋《つちや》と有象《うぞう》が吟味した上で次巻に魔王軍の配下として登場する予定です」

「知らねえ名前がポンポン出て来てんぞ‼」

「誰なんですか阿南《あなん》とか土屋《つちや》とか有象《うぞう》って⁉　犯罪者ですか⁉」

「似たようなものですよ」

「つまり、親切な方々の応援で、余の配下が増えていくという仕組みだな！　んむ、素晴らしいではないか！　労せずして部下を得ることが出来るぞ！」

「多少時間が掛かるのが難点ですがね。進展がありましたら、こちらから魔王城へ連絡を差し上げますよ。応募に際しての取り次ぎは僕がやっておきますので」

「楽しみだ！　もしたくさん来たらどうする、シコっち⁉」

「セル戦辺りのドラゴン●ール人気投票ぐらい来たら嬉《うれ》しいですねぇ」

「十四万通来たら電撃文庫編集部破裂するわ!!」

「その選考過程で三人の犯罪者達《たち》も過労死してそう……」


こうして――魔王カグヤはホクホク顔で飛び去っていった。

いつか増えるであろう、自身の部下に思いを馳《は》せながら――

「……先生。もし応募が来たら色んな意味でどうするんですか？」

「そもそもオール無許可ってどういうことだよ」

「ああ、大丈夫ですよ。本作は単巻完結なので、そもそも次巻などありませんから。よってカグヤさんの部下が増えることは、応募があったところで今後一生有り得ません。その上で彼女は納得して帰った。つまり人類側、魔王側、どちらも救うことが出来た――というわけです」

「こんな悲しい理由による解決方法あります!?」

「何よりもこの作品が救われないオチじゃねえか!!」

〒102-8584
東京都　千代田区富士見《ふじみ》　1-8-19
電撃文庫編集部

「魔王軍応募係」

「それと、これの世話はサヨナくんが今後行って下さい。ちゃんと毎日、餌と水を与えないとダメですよ？　立派な命――そして貴重なマスコットキャラですので」
「これマスコットキャラ枠なんですか⁉」
「出る度に8行消費するマスコットとか堪《たま》ったもんじゃねえわ！　捨てろ‼」
「裏庭に小屋を建てたので、そこに繋《つな》いでおきましょうかね」

〒102-8584
東京都　千代田区富士見《ふじみ》　1-8-19
電撃文庫編集部
「これからお世話になります係」

「そこでコミュニケーション取んの⁉」

「ていうかさっき猫っぽく鳴いてませんでしたっけ⁉」
「因《ちな》みに『富』の下辺りを優しく撫《な》でると喜びますので、覚えておいて下さい」
役立つかどうか果てしなく微妙なアドバイスを授けられ、サヨナは非常に呼び名に困るペットを手に入れた。処分方法すら分からない、まさに特定外来生物であるが……。

なお、敗北者である弟子に対し、後日きっちりとフランス書院文庫の刑が行われたというが、その詳細な内容については、確かなことは分かっていない――

《第三話　終》

※この物語はフィクションです。実在の人物・団体等とは一切関係ありません。ほんとだよ。

運悪く死んだけど二回目の人生は異世界チートで楽勝モードな件

Different world reincarnation

——目を覚ますと、俺は見知らぬ場所に居た。

「ここは……？」

「目覚めたか」

「あんたは……」

「我は神。お主は運悪く死んでしまった。だが、本来お主はまだ現実世界で長生きする運命にあったのだ。ここで死ぬにはあまりにも可哀想《かわいそう》すぎる」

「そうか……俺、死んだのか」

「なので、お主は特別に異世界で第二の人生を送らせてやろう。なに、心配するな。最初に好きなチート能力を授けてやる。何でも好きなものを選ぶがいい」

どうやら俺は異世界でチート生活を送ることが出来るらしい。

神が色々なチート能力を俺の目の前に表示していく。選べるのは一つだけ。どれにしようか、俺はかなり迷った。

「よし、俺はこれにする」

「本当にそれでいいのか？　後から変更は出来ぬぞ？」

「いいよ。これさえあれば充分だ」

「そうか。では、もう会うこともないだろうが――達者で暮らせ」

「ありがとな、神様」

「神を前にしてまるで動じぬその精神力……大物だな」

俺の目の前が歪《ゆが》んでいく。どうやら異世界へとワープしているらしい。

俺は静かに目を閉じて、これからの異世界ライフについて考え始めた――

＊

「ここは……？」

――目を覚ますと、俺はまた見知らぬ場所に居た。

だが今度はさっきとは違う。どうやら森の中に居るらしい。

「異世界、か」

俺は何もアイテムを持っていない。しかし、ステータス欄を確認したら、ちゃんと全ステータスがカンストしていた。これはチート能力とは別の、神からの餞別《せんべつ》らしい。

がさがさっ！

「誰だ？」

茂みが揺れたと思ったら、誰かが飛び出してきた。

青い髪の毛をした美少女だ。どう見ても異世界の住人だった。

「ちょうど良かった。ここ」

「先生ーっ!!　いましたよーっ!!」

「おお、お手柄ですよサヨナくん」

「は？」

美少女が何か叫んだと思ったら、今度は変な男が現れた。見るからに弱そうな感じだったが、俺が何か言う前に、こいつらは俺の周囲を取り囲んだ。

「サヨナくん！　行きますよ！」

「は、はいっ！」

「ちょ、何だよ！　やめろ！　離せ！」

男が俺の両手を、女は俺の両足を持って持ち上げやがった。

振りほどいて殴ってやろうと思ったが、まだ身体《からだ》が自由に動かない。クソ、何でだ。

「エロいッ！　エロいッ！」

「やめろ！　やめろってば！　降ろせよ!!」

「エロいッ！　エロいッ！」

「掛け声なのかそれ⁉　どういう文化⁉」

やべぇやつ二人が俺をどこかに運んでいく。

もしかしたら俺は餌か何かと思われているのかもしれない。

「見えましたよサヨナくん！　せーので離しましょう！」

「わ、わかり、ました！」

「は？　だから何――――」

「せーのっ‼」

いきなり俺はこいつらから放り投げられた。

バシャアアアアアアアアアン‼

そして、再び俺の意識は闇へと落ちていく――

第四話◎奇祭と弟子

Great Quest
For
The Brave-Genius
Sikorski Zeelife

「サヨナくん。今日から書庫に入っても構いませんので、そちらの掃除お願いします」

「え？　いいんですか？　分かりました！」

シコルスキ邸において、弟子のサヨナはその全てに立ち入り可能かと言われると、決してそういうわけではない。師より入ってはならないと言われている部屋が幾つかあり、書庫と呼ばれる部屋はその中の一つであった。そういう部屋は掃除しなくても大丈夫だったのだが――

「よいしょ……っと」

バケツとモップ、雑巾を準備して、サヨナは書庫の扉を開ける。名前からして蔵書が眠っている部屋だろうから、水の取り扱いには気を付けねばならないだろう。とはいえ、この家の大きさからすると、そう広い部屋でもないだろうが。

そう踏んでいたサヨナの眼前には、地平線が広がっていた。

「……。え？」

一度扉を閉じて、頭を数回振る。夢でも見たのかもしれない。

気を取り直し、もう一度書庫の扉を開いた。地平線の先まで本棚が並んでいた。

「………いやいやいやおかしいでしょ!!　この家より広い部屋じゃないですか!!」

ですか、ですか、ですか——……。サヨナの声が、広すぎる部屋に響いては染《し》み入《い》るように消えていく。この部屋は明らかに何かがおかしい。歪《ゆが》んでいる。

「っていうかこんな広すぎる部屋、一人で掃除出来ないから!!　ルンバ呼んでルンバ!!」

異界に伝わるお掃除召喚獣を欲《ほっ》したサヨナだが、生憎《あいにく》とそんなものはここにはない。現在、シコルスキは私用で留守にしている。その内戻るとのことだが、それまでに掃除を終わらせなければならない。どうしたものかと、サヨナは頭を抱えた。

『やかましいのォ～。何じゃあ？』

「うひゃあ！」

いきなり声がしたので、サヨナは腰を抜かしそうになる。この部屋には、サヨナ以外の人間は居ない。だが、声は確かに聞こえた。

入り口近くに置いてある小さい机。その天板に寝かされている、一冊の古びた本から——

「な、な、なに？　おばけ？」

『誰がお化けじゃあ。んん？　よォ見たらシコ坊じゃないのォ。坊のカキタレか？』

「何ですかカキタレって……。って、本が喋《しゃべ》ってる……！」

本の表紙がパタパタと開閉する度に、老人のような声が響く。恐る恐る、サヨナはその喋《しゃべ》る本へと近付き、手に取ってみた。

「どういう仕組みなのかな……？」

『そこは儂《わし》のデリケートゾーンじゃあ。触ったらイカン。ヌクいのが出てまうからのォ』

「この発言内容の気持ち悪さ……まさに先生の本って感じ」

『んで、お前さんはどこのどいつかのォ？　シコ坊の連れは二人ばかり居とった気がするが、儂《わし》も歳《とし》でな、よう覚えとらんのじゃあ』

「ええっと……初めまして。わたし、先生の弟子のサヨナって言います」

『弟子ィ～？　坊はとうとう弟子を取ったんかいな？　それもこんな若い小坊主《こぼうず》――』

バッタァアン！　サヨナは机に向けて、思いっ切り喋《しゃべ》る本を叩《たた》き付けた。

『おぼァ』

「すいません、手が滑りました。重い本が持てなくて……わたしはか弱い乙女なので」

『すまんのォ～。あまりに乳房が頼りないから、てっきり男じゃと……』

「何であなた達《たち》は胸の大きさで性別を判断しようとするんですか？　バカなんですか？」

『男子たるもの、生涯バカであれ……小粋な話じゃと思わんかいのォ？』

（先生不在の内に燃やしとこうかな）

殺意を滲《にじ》ませたサヨナだったが、自分の目的を思い出す。一応、掃除するように言い付けられたのだった。こんな気持ち悪い本と遊んでいる場合ではない。

『サヨナとか言ったか？　お前さん、ここに何しに来たんじゃあ？』

「掃除ですけど……邪魔なので黙っててもらえます？」

『辛辣じゃのォ～。儂《わし》はこの書庫の管理本じゃあ。シコ坊の弟子を名乗るなら、まずは儂《わし》の言うことを聞かんとイカンぞォ』

「ええ……。何で本なんかの言うことを聞く必要があるんですか。人間様ですよわたしは」

『何じゃコイツめっちゃ態度デカイのォ……』

弟子らしい謙虚さが無かったので、喋《しゃべ》る本は若干引いていた。サヨナはサヨナで、シコルスキ相手ならばともかく、その所有物である本相手にヘコヘコするつもりはない。

掃除を行う前に、手近の本棚にあった本を一冊抜き取って、パラパラとめくってみた。

「こんなに本ばかり集めて……先生も物好きだなぁ」

『それはシコ坊お気に入りの本じゃのォ。ドラ●ンボールっちゅうてな、異界の漫画と呼ばれる種類の本じゃて。まあ、お前さんは異界の文字など全く読めんじゃろうがの』

「……？　わたしが今何を読んでるか、分かるんですか？」

『この書庫の本は、全て儂《わし》の支配下にあるからのォ～。お前さんが何の本をいつ手に取り、そして今どのページを見ているか。まるっと分かるわい』

「気持ち悪っ！　戻そ」

『よもや罵倒されるとは思わんかったのォ……。凄《すご》い！　みたいな反応は無いんか……』

「いや普通に気持ち悪いじゃないですか。本屋さんの店員が常にピッタリ背後にくっついてるようなものでしょう？　通報した後に二度と行きませんよ、そんな店」

『弟子はよォ吟味して取れと、シコ坊には言い聞かせんとイカンのォ……。ヤバイわコイツ』

うるせえ、と思ったサヨナだったが、本相手にそこまでムキになっても仕方がない。

それよりも、シコルスキの異界に対する知識の源は、どうやらこの書庫にあるらしい。どういうわけか、異界の本がここには多く眠っているようだ。異界の文字は確かに全く読めないサヨナだったが、シコルスキはある程度読めるのだろうか。ここにある本を調べて回れば、もしかしたら自分も、異界の知識を手に入れることが出来るかもしれない——

そんな知識欲なのか邪念なのか判然としない理由で、サヨナは書庫を見渡す。すると、本棚が並んだ列の一つに、何故《なぜ》かのれんが掛かっている箇所を見つけた。

「……？　何でこんなものが……？」

『これ、サヨナよ。その先に行ってはならんぞォ』

「どうしてですか？」

『そこから先は危険じゃからのォ。お前さんみたいな若造にはまだ早い。シコ坊もそう思って、それで仕切りを作っとるんじゃ。悪いことは言わんから、こっちへ戻って来ぃ』

「へー」

サヨナはのれんをくぐった。

『お前さん人の話聞く気無いじゃろ!!』

「本ごときが人間様の覇道を止められると思ってるんですか？」

『しばいたろか……！』

やってみろや、と言い返す前に、サヨナはのれんの先へと進む。見た感じはそこまで変わらないが、確かに若干雰囲気が違っている。何というか、妙にピンク色な空気だった。

試しにサヨナは手近にある本を抜き取る。さっきの漫画とかいう種類の本と、殆《ほとん》ど同じ形式のものだった。だが、決定的に違う部分がある。

そこに描かれている絵の全てが、全裸の女体だったのだ。

「う、うわ、うわあ……」

本にはあられもない姿の女性が、所狭しと描かれている。サヨナの顔が、自然と紅潮していった。何となく、これ以上この本を見てはいけないと思った。

だが、サヨナも年頃の娘である以上、そういう興味が無いわけではない。ページを捲《めく》る手は止まらず、次のページには見開きで――――全裸のシコルスキが股を開いてこっちを見ていた。

「セクシィィイイイィィイイィッ!!」

「わぎゃあああああああああああ!!」

ビビったサヨナが、反射的に本を床に放り投げる。すると、そこからにゅるりと押し出されるように、シコルスキが現れた。出来物を潰した時みたいなにゅるり感だった。

「やあ、サヨナくん。お掃除が捗《はかど》っているようで何よりです」

「な、な、な……何で……!?」

外出しているはずのシコルスキが目の前に居るので、サヨナは混乱の極みにあった。師が不在だからこそ、ちょっと気が大きくなっていたのだ。シコルスキが在宅だったならば、のれんの先には決して進まなかっただろう。何とも小心者な弟子であった。因《ちな》みに、師が全裸であることにはもう今更動じない。

「このエリアは危険なのでね。もし無許可で侵入した者が現れたら、すぐ僕へ連絡が入るようになっているのですよ。まさか君が入るとは思いませんでしたが」

「ご、ごめんなさいっ!! 出来心なんですっ!!」

『全く、なんちゅう小娘じゃ』

「実はあの喋《しゃべ》る本に騙《だま》されたんです!!」

「マジですか」

『シコ坊ーッ!! そのバカタレをしばき回せーッ!!』

そんなやり取りをしつつ、ひとまず二人は書庫の入り口まで戻る。流石《さすが》に今回ばかりは怒られると思ったサヨナだったが、意外にもシコルスキは怒っていない。と言うより、出会ってからこれまで、サヨナは師の怒る場面を見たことがなかった。かなり気が長いタイプらしい。

「まあ、サヨナくんもお年頃ですからね。逆の立場なら、僕も喜んであそこへ入ったことでしよう。初犯ですし、許してあげます」

「ありがとうございます……。あのー、先生。まだわたしは良く分かってないんですけど、あのエリアは一体なんなのでしょう……？」

「それを説明するには、まず互いの自己紹介が必要ですねぇ」

そう言って、シコルスキはあの喋《しゃべ》る本を抱えた。

「こちらは僕の書庫の管理本――とある性本の淫書目録《インデックス》にして、またの名をエロマンガ先生！」

「僅か一行で二箇所に喧嘩《けんか》を⁉」

『後者は普通に言っただけじゃがのォ～。まあ、儂《わし》のことは好きに呼ぶがえぇ』

「呼ぶだけで角が立つので、非常に呼び名に困るんですが……」

「因《ちな》みに僕はロマン先生とお呼びしています」

「でもわたしの先生は先生だけですし……仕方ないので喋《しゃべ》る本って呼びますね」

『シコ坊、コイツマジでアカンじゃろ』

「好きに呼べと言ったのはロマン先生ですので、僕からは何とも」

「それで、この喋《しゃべ》る本はともかくとして、あのエリアについて教えて頂けますか？」

もう喋《しゃべ》る本については半ばどうでもいいサヨナだった。

シコルスキは再び机にロマン先生を戻す。

「もうご存知かもしれませんが、僕は異界に強い興味がありまして。異界の本は特に、異界の知識の宝庫です。是が非でも集めたい――そういうわけでこれまで集めてきました。で、ロマン先生は、あらゆる本の頂点に立つお方。異界の本ですら例外ではありません」

『こう見えても儂《わし》は凄《すご》いんじゃぞォ？』

「はあ……お山の大将ってわけですか。あ、本だから本棚の大将かなぁ」

『儂《わし》もうコイツ嫌い』

「まあまあ。ただ、ロマン先生も流石《さすが》に、手元にない異界の本については管轄外でして。一度先生に見せれば、その中身を把握することは容易なのですが――ともかく、その異界の本の中でも、特に危険なモノがあのエリアには収められています」

危険と言うよりかは、淫靡《いんび》な本が多いように見えた。サヨナはその旨《むね》をシコルスキに伝える。

「……僕の祖父と父は、どちらもあのエリアにある本が原因で、命を落としました。あれらは全て、呪われた本です。人の命……それが賢者であれ勇者であれ、簡単に奪う程の、ね」

「え――それは、どういう？」

「朝起きると、全裸で己のKADOKAWAを握り締めながら、二人は息絶えていたのですよ」

「その表記はガチでやめた方がいいです」

『限界突破《テクノブレイク》と呼ばれる死因じゃのォ。親子揃《そろ》って、悲しい運命を背負いおってからに』

「わたしは知識が無いので何とも言えないんですけど、失礼ながらそれはクソみたいな死因なのでは……？」

「こうして、二度と二人のような犠牲者を出さないように、僕は厳重に注意をしつつ、この世界に存在する、全てのいやらしい異界の本を集める決心をしたのです」

「もういやらしい本って言ってるじゃないですか!!」

賢者ウォナニスと勇者ドゥーリセンの知られざる最期《さいご》を、図らずもサヨナは知ったのだった。

取《と》り敢《あ》えず、サヨナが死ななくて良かったとシコルスキは安堵《あんど》したらしい。心配しなくとも、あのエリアに入って死ぬのは余程の愚か者、しかも男性限定だろう。

「というわけで、サヨナくん。あのエリアに入った罰として、今から僕と一緒に、異界の本の収集に付き合ってもらいますよ」

「え……許してくれたのでは……？」

「許しはしましたが、罰が無いとは言っていません。これは僕の趣味なので、君を付き合わせるのは忍びなかったのですが、どうせ頭数が要りますし、丁度良かった」

『おお、そうじゃ。そろそろアレの時期かいのォ～？』

「ええ、アレの時期です」

何やら理解したらしい喋《しゃべ》る本とは対照的に、サヨナは全く状況が理解出来ない。そんなサヨナを見て、師が大声で叫んだ。

「人呼んで、異世界転生者強制送還ＲＴＡ祭り～！」

「――と言うわけで、祭りの会場である《ナロ村》へとやって来たわけですが」

「はあ……。何だか賑《にぎ》わってますね」

ナロ村自体は、そこまで特徴的な村というわけではない。程々に農産物と畜産物を産出し、程々に栄えていて、しかし程々に少子高齢化が進んでいる、よくある村そのものだ。恐らく、例の祭りが無ければ、サヨナ達《たち》も立ち寄ることなど無かっただろう。

だがその祭り効果で、村の中は様々な人間で大賑《おおにぎ》わいだった。騎士や戦士、魔法使いに旅芸人に商人、果ては盗賊らしき者の姿も見える。露天商も随分と多く出店しており、取《と》り敢《あ》えずサヨナは棒付きキャンディーを一つ買って舐《な》めた。

「先生、そろそろその何とか祭りについて、わたしに詳しく教えて頂けますか？　着いてから説明する、って言ってましたよね？」

「おっと、そうでしたねえ」

シコルスキは冷やしスライムというモノを買っていた。何に使うのだろうか……そう思ったサヨナの背中に、にゅるりとスライムをぶち込む。

「ひぎゃあああああ！」

「まず、サヨナくんは異世界転生者と呼ばれる人種を知っていますか？」

「何するんですか⁉　話が頭に入ってこないんですけど⁉」

「うーむ……挿絵には使えそうにない色気の無さだ。すいません、話を続けましょう。このナロ村はですね、その異世界転生者がよく現れることで有名なのですよ」

「いやホントに何のつもりだったんです⁉」

「お前らってどこに居てもうるせえのな……」

何だか呆《あき》れ返《かえ》ったような声がしたので、二人はとある出店を振り返る。そこには何かを商っている様子のユージンが、椅子に座って客引きをしていた。

「おお、ユージンくんではありませんか。準レギュラーの分際で三話連続出ずっぱりしは」

「小さい女の子のおしりを追い掛けなくていいんですか？」

「死ね！　あのなあ、俺は商人だ。デカい祭りに現れんのは当然だろうが。っていうかコルとは去年も会っただろ！」

「どんなくだらないモノを売っているのか、検分して差し上げますよ」

「二重の意味で子供騙《こどもだま》しを狙ってそう……」

「衛兵さーん！　営業妨害してくるクソ共が居るんですけどー！」

本気で兵を呼ばれたので、二人は慌てて居住まいを正した。普段ならばともかく、今日の二人は祭りの参加者としてナロ村へ来ている。始まる前から捕まっては、元も子もない。それをユージンも分かっていたのか、途中で兵を引き上げさせた。割と顔が利《き》くらしい。

「どうせなら何か買ってくか？　っつーか買ってけ。オラお買い上げ一丁どうもー」

「これが異界に伝わる、ＹＡＫＵＺＡと呼ばれる業態ですか」

ユージンに無理矢理に財布を奪われ、代わりにサヨナとシコルスキはピカピカし光る石を押し付けられた。まさにゴミを見る目で、サヨナが太陽にその石を翳《かざ》す。

「何ですか？　このしょっぱい石ころは？」

「パワーストーンだ。あと君最近本当に態度悪いな。一回殴っていいか？」

「ああ、あのバンディクーが集めるヤツですね。イラネっ」

シコルスキは道端にパワーストーンとやらを投棄した。

「クラッシュくんは関係ねえよ‼　あと捨てんなやお前殺すぞ‼」

「何か飲み物とか売ってないんですか？　わたし喉渇きました」

「ツバでも飲んでろ！」

ひたすら営業妨害に精を出す師弟に、ユージンは関わるんじゃなかったと後悔する。さっさと消えろと思い始めた辺りで、二人は余っている椅子を引っ張り出し、ユージンの近くに陣取った。さながら商売人になったようである。

「先生、異世界転生者がそもそも何か分かりません！」

「いわゆる異界の住人、特に異界の特定の島国に住んでいるとされる人種ですよ」

「俺の近くで講座を開くな！　あっちでやれよ！」

「分かってませんねえ、ユージンくんは。君のことが好きだからこそ、です」

「…………いや嬉《うれ》しくねえし普通に迷惑だけど？」

「その異界の人達《ひとたち》が、どうしてわたし達《たち》の世界に？」

「原因や理由は分かっていません。ただ、大体の彼ら異世界転生者は、その能力が非常に高いと言われていています。やれ無敵だの、やれ即死だの、やれ全知だの、そういうのを向こうの言葉でチートと呼ぶそうですよ」

「無視かよ……はあ、もういいや。ちょっとばかし休憩しよ」

　二人の営業妨害に折れたユージンが、一時的に店の看板を畳む。どうせしばらくすれば、祭りへの参加の為《ため》に二人は消えるだろう。常に付《つ》き纏《まと》えるような日ではないからこそだ。

　サヨナは異世界転生者と呼ばれる存在について、殆《ほとん》ど何も知らない。異界についての知識は、シコルスキの趣味もあって、ここ最近は偏りながらも伸びつつあったのだが――その異界の住人そのものが、まさかこちらの世界へとやって来ていたとは。

「そんなに能力が高いんですか？」

「ええ。一時期は彼ら異世界転生者がこぞって若い奴隷娘を買い取ったり、やたらと若い娘達《たち》を捕まえてハーレムを形成したり、挙句の果てには若い姫を誑《たぶら》かして国を乗っ取るという状況が多発していたのですが、ここのところはうだつの上がらない中年男性が転生しては、物凄《ものすご》い勢いでスローライフを送りだすのが主となっているようですねえ」

「物凄《ものすご》い勢いでスローライフ⁉」

「どんな生き方だよ」

「因《ちな》みにスローライフの中でもハーレムの形成は忘れません」

「性豪なんですね」

「いや、中には女性も居るらしいぞ」

「女性の場合は大体悪役令嬢になったりならなかったりします」

「どっちですか⁉」

「あと一見すると使えないスキルとして我々現地人よりバカにされ、自分のパーティーや人々より見捨てられたり見放されたりするパターンもありますが、そういう異世界転生者はステータスカンストやら実は最強スキルやらで成り上がるので、心配しなくても大丈夫です」

「それは単に安心感しかない話では？」

「マジで何しに来てんだろうな、あいつら」

「ていうかステータスとかスキルって何ですか？　当たり前のように話に出てますけど……」

「通知表の絶対評価と相対評価みたいなものですよ」

「的を射ているようで全くそんなことはない比喩だな……」

どうも異世界転生者は、サヨナ達《たち》とは違った感性の持ち主らしい。説明されてもよく分からなかったので、サヨナはそういうことにしておいた。

「でも、現地人って呼び方は何とかならねぇのか？　引っ掛かるモンがあるわ」

「わたし達《たち》は普通に暮らしているだけですもんね」

「じゃあ『地元民』辺りの呼び方にしてもらいますかね」

「距離が近えよあいつらとの！　電車乗ったら俺らに会えそう感が出るだろうが！」

(デンシャってなんだろう……まあいっか)

話がやや逸《そ》れつつあるので、こほんとシコルスキは咳払《せきばら》いをした。

「そういうわけで、最初こそ温かく受け入れられていた彼ら異世界転生者ですが、まあ我々も生活があるのでね。いつまでも虐《しいた》げられたりハーレムを形成されたりされると、堪《たま》ったものじゃありません。際限無く彼ら異世界転生者は増えていくわけですし、しかもなまじ優秀だから手に負えない。そこで起こった『NO転生・YESライフ』運動が、この祭りの起源です」

「あー、アレな。お前のじいさんが大活躍したやつ」

「何ですかその気の抜けた名前の運動は……」

「各地で異世界転生者を排斥する動きが爆発的に増加したんですよ。結果的に、かなりの数の異世界転生者が異界……彼らからすると元の世界へと送り返されました。その手段を生み出したのが、僕の祖父であるウォナニスです」

「全く知らなかったです……」

「表沙汰にはなってないからな。こうやって今は祭りになってるわけだし」

サヨナは会ったことがないので何とも言えないが、どうやら異世界転生者とは傍迷惑《はためいわく》な存在だったようだ。確かに、国と国の民族問題ですら解決することが稀《まれ》なのに、その中で異界から来た人間が圧倒的な力を振るうとなると、笑い話では済まない。異文化交流ではなく、異文化支配になるのであれば、それはもう立派な侵略行為である――シコルスキはそう纏《まと》めた。

「ってことで、僕も協力した上で、この世界に転生する箇所をこのナロ村と、ナロ村の隣にある《カクヨ村》に限定しました。更には時期も限定したので、今この時期はやたらと異世界転生者が現れます。異世界転生者強制送還RTA祭りとは即《すなわ》ち、現れた異世界転生者を捕獲、速やかに強制送還するまでのスピードを競う、近年で最もアツい祭りの一つなのですよ！」

「カクヨ村……？」

「ナロ村と紛争状態にあるらしいぞ」

「へー……ナロ村が勝ちそう」

「紛争問題に首突っ込むな」

素直な感想をサヨナはこぼしたが、ユージンにそれ以上の言及を止められてしまった。

ようやく祭りの全貌が見えてきたので、サヨナも俄然《がぜん》やる気になる。こういう賑《にぎ》やかな雰囲気は嫌いではない。更に、今回の目的は優勝なのだ。勝ちを狙うというのは、サコナにとってはあまり経験のないことだった。

「優勝賞品は異界の道具であることが多いが、今年は異界の本だっけか。コルがやる気なのも分からなくもないな。ま、俺はここで商いしてるし、頑張ってこいよ」

「賞品がＬＯだった場合はお呼びしますよ」

「呼ばんでいい」

「えるおー……？」

それが何かは教えてくれなかった。

そろそろ祭りが始まる——シコルスキは立ち上がり、コキリと首を鳴らす。

「さて、では人型ブルーギル駆除と行きましょうか」

「どういう意味なんですかそれ⁉」

「もう意味が伝わらねえレベルでディスってんな……」

最後にシコルスキが、すっかり温《ぬる》くなった冷やしスライムの残りをユージンの背中に垂らし、思いっ切りカウンターでブン殴られた後、祭りの開始を告げる太鼓の音が響き渡った——

＊

「そこまでッ！　強制送還の完了を確認！　転生者は無事、元の世界へと送り返された模様！」

「よし！　これはかなりの好成績ですよ、サヨナくん！」

「はぁはぁ……。そ、そうなんですか……？」

「ええ！　20行以内なら優勝を充分に狙えます！」

「行数って時間の単位なんですかね……？」

肩で息をしながら、サヨナは何とかツッコミを入れる。

祭りは四人までのパーティーで参加可能らしく、たった二人で参加しているのはサヨナ達《たち》だけだった。ユージンを誘ってはみたが、流石《さすが》に商人の本分を放棄してまで参加する気は無いらしく、にべもなく断られた。

結局、若干の人数不利を背負って挑戦することになったのだが――

結果としては、サヨナのビギナーズラックにより、異世界転生したばかりの少年を早期に発見し、速やかに転送装置である底なし沼へ叩《たた》き込《こ》むことに成功した。

興奮冷めやらぬシコルスキが、サヨナの隣で笑顔を見せている。

「この祭りの最大の肝は、異世界転生者を発見するまでと言われていますからね！　いやあ、人数不利が響くかと思いましたが、これは強いですよ！　二人で参加した分、タイムに数行ボーナスが入りますから！」

「行数って概念に馴染《なじ》みがないから素直に喜べない……」

息を整えたサヨナが周囲を見回すと、あっちこっちで異世界転生者の奪い合いが始まっていた。参加者の数に対し、異世界転生者の数が足りていないのだ。そして、この祭りの成績は、異世界転生者を運び、装置の役割を持つ底なし沼にブチ込むまでの時間で決まる。邪魔されることなく早々に異世界転生者を発見出来たサヨナとシコルスキは、かなりの幸運だったようだ。

「にしても、雨上がりのタケノコみたいにぽこぽこ出て来るんですね、異世界転生者って」

「ええ。ヒゲ並に生えてきますすよ」

「もう人ですらない!!」

「サヨナくんもタケノコ呼ばわりしているじゃありませんか」

「わたしのは比喩の一つとして……っていうか、一つ疑問に思ったんですけど」

「何ですか？」

「先生、異界に興味があるんですよね？　今回は異界の本を集めるために、この祭りに参加しているわけですし。でも、異世界転生者ってその異界出身の人なんでしょう？　なら、送り返すよりもその人達《ひとたち》から直接、異界の知識を仕入れればいいのでは？」

もっともと言えばもっともな質問であった。シコルスキは自らの手で異界の道具を再現し、また異界の知識を異界の本から仕入れている。が、そもそも異界出身の人間がこちらへ現れているなら、そいつらから直接話を訊《き》けばいいのだ。

合理的な考えに対し、しかしシコルスキは首を真横に振る。

「それはいけません。確かに、君の言う通りにすれば、容易《たやす》く異界の知識を得ることが可能でしょう。過去にユージンくんからも、同様のことを言われた記憶があります」

「なら、どうして――」

「僕にとって、異界の知識を自らの手で学び、そして四苦八苦しながら再現することは、いわゆるライフワークなのですよ。この生涯を通して、少しずつ溶かしていく大きな飴《あめ》のようなものです。一気に味わいたいわけでもなく、かと言って噛《か》み砕《くだ》きたいわけでもない。僕があらゆる知を備えると、君はもしかしたら思っているかもしれませんが、それは大きな間違いです。僕にだって分からないこと、知らないことはたくさんある。異界の知識とは、その最たる例です。常に学ぶべきものがそこにある――それこそが、恐らく一番重要なことなのです」

「先生……」

熱でもあるのかな……。ガチでそう思った弟子だったが、喉元でその言葉を何とか飲み込んだ。この師匠が真面目なトーンで話をすると、それだけで不気味に思うようになっていたのである。シコルスキは微笑《ほほえ》み、少しだけ溜《た》めて話を続けた。

「何より――――異世界転生者が明らかに見下したようなドヤ顔で自分達《じぶんたち》の世界の知識を語ったら、僕はグーパンで彼らの顔面を叩《たた》き潰《つぶ》してしまうのでね。何様やお前、と」

「本音がまろび出てますよ⁉」

「向こうの世界の有資格者ならともかく、大概の場合成人もしてない小僧が現れますし」

「薄々感じてましたけど、先生異世界転生者のことめっちゃくちゃ嫌いですよね⁉」

「じゃあ最終結果発表まで、ユージンくんを冷やかしにでも行きましょうか」

「言及を避けた……！」

こうして、祭りはつつがなく終了し——

＊

「ただいま戻りました、ロマン先生」

『おお、シコ坊にサヨナか。遅かったのォ。して、結果はどうじゃい？』

喋《しゃべ》る本がそう訊《き》くと、シコルスキは一冊の本を高く掲げた。

「無論、優勝です！　ボーナス込み18行、何とライトノベル史上最速記録ですよ！」※1
「いつの間にか業界そのものと勝負してたんですね……」

『やりよるのォ〜。まあ、シコ坊なら勝つと思っとったが。ほいじゃあ、そいつを貸してみい』

優勝賞品である異界のいかがわしい本を、シコルスキは喋《しゃべ》る本の表紙に重ねる。

因《ちな》みに、優勝賞金も出たのだが、そっちは辞退した。シコルスキはあまり金銭には執着がないらしく、サヨナは非常に残念がったが、師の選択に異を唱えるわけにもいかない。二人は本だけ入手し、ユージンを冷やかして数回キレさせ、ようやく凱旋《がいせん》したというわけである。

※1「個人の調査です

「何してるんですか？」

「先にも述べましたが、ロマン先生はあらゆる本の頂点に立つお方。こうして、管理してもらいたい本を重ねると――」

『……ふむ。これはあれじゃあ。ＣＯＭＩＣ快楽天２０１７年８月号ッ‼』

「何ですかそれ⁉」

「――読めない異界の本でも、その書名や発行年月日、載っている作家や作品タイトル、果ては作品におけるプレイ内容などが全て分かるのです」

「想像を絶する具体的管理‼」

「しかし……見慣れた文字なので快楽天だとは思いましたが、やはりその通りでしたか」

そもそも快楽天って何だよと思ったサヨナだったが、聞かない方が身の為《ため》な気がしたので、疑問を呈するのはやめておいた。

「そういえば、先生はこういう本大好きそうなのに、すぐに中身を見ないいんですね」

「ええ。ロマン先生が管理し、中身を走査した上で、気を付けて鑑賞しますから」

「それはやはり……」

「当然、下手すると僕も限界突破《テクノブレイク》する可能性があるのでね。君も嫌でしょう？　朝起きたら師と仰ぐ人物が、己のＫＡＤＯＫＡＷＡを握り締めて死んでいるなど」

「だから隠語としてその単語を使うのはやめてくれませんか⁉　消されますよ⁉」

『シコ坊は怖いモン知らずじゃのォ〜……』

快楽天の取り扱いには厳重な注意が必要であるらしい。己の欲望を抑えているのは、ひとえにシコルスキも死にたくないからである。

『ところでシコ坊よ。朗報があるぞォ』

「聞かせて貰《もら》いましょうか」

『このCOMIC快楽天2017年8月号にはッ!!　シコ坊の大好きなうまくち醬油《しょうゆ》先生の読み切りが掲載されておるのじゃあッ!!』

「なっ……！　本当ですか、ロマン先生!?　あの素晴らしいイラストや漫画で著名な、うまくち醬油《しょうゆ》先生の読み切りが!?」

「もう目に付くもの全部に噛《か》み付《つ》くスタイルですよねこの小説」

『更にこの書庫にはCOMIC快楽天2016年5月号、2016年12月号、2017年2月号、2017年4月号、2017年6月号が蔵書としてある!!』

「なんてことだ……！　うまくち醬油《しょうゆ》先生の読み切りが掲載されている快楽天を、図らずもコンプリートしてしまった……!?」※2

※2　2018年9月現在

『そして更に更に!!　この書庫にはアレも眠っておるんじゃあ!!』

「アレとは……!?」

「先が読めてきた……」

『2018年4月刊行!!　ぼくたちの青春は覇権を取れない。ッッ!!』

「知らないタイトルだ」

「急に冷静になるのやめてくれません!?」

『何とこの本も、うまくち醬油《しょうゆ》先生が挿絵を担当されておるんじゃあ……』

「ってことはワニマガジン社からの刊行ですかね？」

「電撃文庫ですよ!!」

「ご存知なのですか、サヨナくん？」

「いや知ってるっていうか……多分この本の巻末の方を調べたら載ってますよ」

『こやつめっちゃ冷静〜』

「これを書いたのは誰なのかが気になりますねえ」

『それは儂《わし》にも分からん。つかどうでもええじゃろ』

「あらゆる本の頂点に立つ本からも見放された存在!?」

「しかし妙ですねえ。この本の二巻が見当たらないのですが」

『………』

「COMIC快楽天」
2017年8月号
(ワニマガジン社)

参考

電撃文庫
ぼくたちの青春は覇権を取れない。
-昇陽高校アニメーション研究部・活動録-

↑本作著者・処女作
好評発売中＆
電子配信中！

「…………」

「…………」

《第四話　終》

「いやどんな終わり方なんですか!!」

「拗《す》ねたみたいになりましたねえ」

『精神を擦り減らしながら書いとるからのォ〜』

「そのまますり身になればいいのに……誰か知らないけど……」

もう何の話をしているのかいい加減分からなくなってきたサヨナは、中身を検分し終わったらしいＣＯＭＩＣ快楽天２０１７年８月号を抱えた。祭りの疲れも残っているし、さっさと本棚に入れてもう休もうと思ったのだ。

が、慌ててシコルスキが弟子の背中に声を掛けた。

「サヨナくん！　ちょっと待って下さい！」

「何ですか？　もう眠いので、手短にお願いします」

「それは夜の参考文献として使うので、そこの机の上に置いといて下さい」

「参考文献の意味知ってます⁉」

「知ってますよ。巻末にたくさんあったら何か作品が高尚になった気がするアレでしょう？」

「性根の腐り切った偏見……‼」

『まあ……弟子の態度はどうあれ、師匠との相性はエエんかいのォ……？』

ギャーギャーとやり取りを続ける師弟の姿を見て、老いた本はそんなことをぼそりし呟《つぶや》いた。

ただの小娘かと思ったサヨナだが、これはこれで中々に神経が図太く、常識から外れたシコルスキに対応出来ている。そんな人間は滅多に居ないので、出来得る限りは二人で仲良くやっていけと、心の内で願っておいた。

翌日、自身のＫＡＤＯＫＡＷＡを握り締めたまま瀕死《ひんし》の状態になっていた師を弟子が発見したというが、確かなことは分かっていない――

《第四話　終》

〈夜の参考文献一覧〉

COMIC快楽天2016年5月号（ワニマガジン社）
COMIC快楽天2016年12月号（〃）
COMIC快楽天2017年2月号（〃）
COMIC快楽天2017年4月号（〃）
COMIC快楽天2017年6月号（〃）
COMIC快楽天2017年8月号（〃）

「これで高尚になりましたね」
「本編に活《い》きてる部分ありますかねこれ⁉」
『そもそも高尚にする為《ため》に参考文献を記載するっていう考えがもう既に低俗じゃのォ……』

第五話◎邪教と弟子

Great Quest
For
The Brave-Genius
Sikorski Zeelife

——復讐《ふくしゅう》に意味はあるのか。

たとえば、仇《かたき》がわたし以外を幸福にする存在だったとして。

そいつを殺せば、わたし以外の全てが不幸になるとして。

そんなことで、握る刃が鈍ってしまうのならば、そもそも復讐《ふくしゅう》をする価値は無い。

殺したいという理由に勝る理由など、本来存在「うんちぶり!!!」

*

「ぶりぶりぶ……はっ、いやあ済まないね。ちょっとだけおじさんトリップしちゃった」

「先生この人ヤバイです」

「ダメですよサヨナくん。お客人にそんなことを言っては」

今日も今日とて、シコルスキ邸には依頼人が来ている。この家は凶暴な魔物ひしめく樹海の果てにあるので、並大抵の実力では辿《たど》り着《つ》くことすら出来ないのだが——今サヨナの目の前に居る中年男性は、どう見ても強そうには見えなかった。

「先に自己紹介をしておこうか？　おじさんはねぇ、《シリアスを絶対にゆるさないの会》、通称シリゆる会で会長をしているんだ。ヨロピク★」

だが異常者であることには違いなかった。それもかなりハイレベルの。

脳裏にどこぞのアイスマンを浮かべたサヨナは、なるべく依頼人から目を逸《そ》らす。格好は普通だが、漂う雰囲気が常軌を逸しているのだ。

コイツに喋《しゃべ》らせると危険である——これまでの経験と本能の両方が、サヨナに警告を出した。

「まあ、僕と会長は旧知の仲なので自己紹介は必要ありませんが——会長はサヨナくんとは初めてですからね。こちら、僕の弟子であるサヨナくんです。可愛《かわい》がってあげて下さい」

「幾らで本番ＯＫなのか、先に訊《き》いておこうかな？」

「可愛《かわい》がるの意味が違う!!」

「タダでいいみたいですねぇ」

「ワオ！　裏があるのかぁ～？」

「今回キツイ……！　絶対キツイ回になる……!!」

既に恐ろしい予兆を肌で感じているサヨナだった。会長の目の奥はどこか淀《よど》んでおり、光なき裏路地の如《ごと》く、果ての見えない闇を湛《たた》えている。

生まれついての邪悪――そんな言葉がサヨナの頭をよぎる。そういう言葉はどこぞの凡魔王に与えてやるべきだろうが、アレとは比較にならない。っていうか、まずシリゆる会自体が何なのか分からない。聞こえは怪しい宗教団体のようだが。

「じゃあ特別顧問、今回の依頼だけどさぁ。またちょっとシリってるヤツが居てね～」

「ふむ。会長の手に負えないのですか？　何とも珍しい」

「負えなくもないんだけど、おじさんも歳《とし》だからねぇ。なるべくスマートに解決するってなると、やっぱり若い特別顧問の力が必要かなーって思った次第さ」

「会長に頼って頂けると、僕としても嬉《うれ》しい限りですよ。では、報酬については――」

「ちょ、ちょっと待ってください！」

思わずサヨナが二人の談話を遮った。ここいらで口を挟まないと、多分トントン拍子で話が進んでいってしまう。深く関わるのは嫌だったが、かと言って置いてけぼりを喰《く》らうのも嫌だったサヨナは、持っていた疑問を投げ掛けた。

「わたしにも分かるように、出来るだけ簡単に諸々《もろもろ》の説明を求めます……！」

「そうか、お嬢ちゃんは何も知らないんだったね。赤ちゃんの作り方」

「何の説明しようとしてるんですか⁉」

「サヨナくんは未《いま》だに『コウノトリが～』と言って、超カマトトぶってますからねえ」

「ははははは。特別顧問、そういう手合に限って、裏では彼氏と毎晩ガッツリネットリアヘアへんほぉしているものだぞ！　全く、開いた下の口が塞がらないなぁ！」

「まるで深夜に観《み》るイケナイ生配信のようだ」

「パコりてぇ～笑　追い銭不可避ｗ」

「うるせぇ!!　一体どこに向けて牙剝《む》いてるんですかあなた方は!?」

っていうか何故《なぜ》こんな話をしているのか。自分の聞き方が悪かったのだと、サヨナは無理矢理に納得し、もう一回こいつら好みにきちんと訊《たず》ねた。

「そのシリアス何とか会とか、先生が特別顧問であることとか、無知で処女の割に赤ちゃんの授かり方だけは知っているわたしへ、詳しく教えて頂けませんか!!」

「お嬢ちゃん。後学のために言っておくが――最初からそう言わないといけないよ？」

「常にプライドを殺しながら臨めと!?」

「中途半端《ちゅうとはんぱ》なプライドは身を滅ぼしますからねえ。しかし、サヨナくんの意思は伝わりました。君にも分かるように、シリゆる会の歴史について学びましょうか」

「……そんなに歴史のある会なんですか？」

「そりゃあそうさ！　大体出来て十五年くらいかな！」

「微妙に浅い……!!」

せめて自分が生まれる前には出来とけよと思うサヨナだった。

「その名の通り、シリゆる会とは、シリアスなものをとにかく許さない人間が集う会です」

「抽象的……」

「お嬢ちゃんはシリアスなものと言えば何を浮かべるかな？」

「え？　えーっと……やっぱり憎い仇《かたき》と戦う、みたいな？」

「そう！　それも含まれるね。他にも、若い男女の告白シーンとか、辛《つら》い過去を吐露するシーンとか、敵との最終決戦とか、この世にはシリアスが色々と溢《あふ》れている！　おじさんはねぇ、そういったシリアスが大嫌いなんだ！　だからおじさんはシリゆる会を作ったのさ！」

「果てしなく個人の感情に基づいて生まれたんですね」

「実際に作ってしまった、という部分こそ、会長の行動力が素晴らしいという事実ですよ」

何とも傍迷惑《はためいわく》な行動力である。見た目は単なる中年男性でしかないが、会長はその類稀《たぐいまれ》なるカリスマ性で、あれよあれよとシリゆる会を大きくしたらしい。その割にはあまり世間的に目立った会ではないので、普段どういう活動をしているのかを弟子が訊《き》く。

「そうだなぁ……最近の一番大きな仕事と言えば、去年辺りだったかな？　某国にある国宝が、怪盗に盗難予告されたんだ！　その怪盗は巷《ちまた》で噂《うわさ》になっていた義賊で、どうやらその国宝は某国が不正に入手したらしいモノだったらしいよ！」

「もしかして、その怪盗が……？」

一世を風靡《ふうび》した、怪盗義賊――その正体は誰にも割れていない。世間に疎《うと》いサヨナは、そういうのが居るということしか知らなかったが、まさかこのおっさんがその怪盗なのでは？

淡い期待を抱いたサヨナに対し、シコルスキが首を横に振った。

「いえ、違いますよ。怪盗は怪盗で別に居ます」

「その話を聞いたおじさんは、怪盗より先にその国宝を奪っといたんだ★」

「何余計なことしてんですか⁉」

「あとその怪盗をボコボコにして牢屋《ろうや》にブチ込んだなぁ～」

「……もしかして、先に某国側から怪盗を何とかして欲しいって依頼を受けていた、とか？」

「それも違いますよ。全てシリゆる会独自の動きです」

「ついでに王もボコボコにして、最後は宝が安置されていた場所に、おじさんの搾りたてウンコを置いといたぞ！」

「先生‼　ガチのテロリストですよこの人‼」

「そういえば会長、奪った国宝はその後どうしたのですか？」

「メルカリで売った」

「しかもクズ寄りの‼」

メルカリって何だよ、というツッコミすら忘れてサヨナが叫ぶ。同じ考えを持つ者同士の、いわゆる同好の士の会かと思いきや、シリゆる会は随分と本格的な危険団体のようである。

「おじさんは怪盗対悪辣な王という、シリアスな構図が許せなかっただけなんだけどなぁ」

しかも行為に対し動機がハナクソレベルにしょうもない。そんなやべーやつと付き合いがある自分の師に対し、非難の目を弟子は向けた。

「大丈夫ですよ、サヨナくん。国によってはシリゆる会はノーマークですから」

「いやそれ逆に考えると国によっては危険思想団体としてマークされてるんですよね⁉」

「特別顧問には昔からシリゆる会の後援をして頂いているんだ。この前も出自の知れない男が、何やらチート能力とかで一国の王に成り上がろうとしているって聞いたから……」

「特別顧問として、シリゆる会と共に強制送還のお手伝いをしました」

「異世界転生者嫌いの血が騒いでる‼」

シコルスキはシコルスキで、一部の人間を毛嫌いしている。シリアスが嫌いというわけではないらしいが、シリゆる会とは利害が一致することがある。そういう時に協力をしていたら、いつの間にやら特別顧問になっていたそうだ。

「何でそんなにシリアスなものを嫌うんですか！　別にいいじゃないですか！」

「あれは……そう、肌に纏《まと》わりつくような小雨《こさめ》の日だった。おじさんには美人の嫁と可愛《かわい》い娘が居てさぁ。それはそれは幸せな毎日を過ごしていたんだ――――あ、特別顧問、投げて」

「分かりました。そいっ！」

「投げる……？」

＊

「何かと思えば場面転換する時にちょこちょこ現れるやつじゃないですか!!　これいちいち先生が投げてたんですか⁉」

『あなた、話があるの』

「過去回想に巻き込まれた⁉」

「サヨナくん！　こっち側で会話してはいけません！」

『話？　それよりも今晩の夕食はどうしたんだ？　何も用意されて――』

『……離婚してちょうだい』

『え……？　そいっ……』

＊

「……そういうわけで、ある日突然、おじさんは全てを喪《うしな》ったんだ」

「過去最短の回想……。そして回想の中でもちゃんとアレを投げてたんですね……」

「これ以上はシリアスになってしまいます。自分の回想でそうなった場合、会長は死ぬので」

むしろそれで死んだ方が世界的に見てプラスなのではないか……？　黒い考えを抱いたサヨナだったが、ひとまずは神妙な顔をしている会長の次の言葉を待つ。

「悲嘆に暮れたおじさんは、荒れた毎日を過ごしていた。でもある日気付いたんだ。世界はどこを見ても、シリアスに満ちて暗い……何より、おじさん自身が暗い、と。それじゃダメだ。自分を、そしてこの世界を、シリアスとは無縁の笑顔溢《あふ》れる世界にしたい！　そう思った瞬間、おじさんは宣言していた。シリアスを絶対にゆるさない──ってね」

「素晴らしいお話ですねぇ。失意のどん底に居た人間が、世界をも変える人間になろうとした、その原初の話ですから」

「いやこれ危険思想団体の発端の話ですよね？　ムショで話すような内容ですよ」

そういうわけで、シリゆる会は現在も元気に活動を続けている。

シリアスを撲滅し、この世界に笑顔を満たす為《ため》──

「……でも、何で離婚されたんです？　昔は会長さんもまともそうでしたけど」

「おじさんの浮気《うわき》が嫁にバレてたのさ！」

「オール自業自得《じごうじとく》じゃないですかこのクズ!!」

「しかもお嬢ちゃんより若い女の子に手を出してたから、おじさんリアルに逮捕された★」

「つまり牢《ろう》の中で決心したわけですね。シリアスを絶対にゆるさない、と」

「単なる逆恨みですよそれは!!　何だこの犯罪者!?」

本当にムショで話していた内容だったことに、サヨナは軽蔑と共に驚愕《きょうがく》する。

「おじさんの浮気《うわき》がバレたのも、離婚されたのも、手を出した少女に渡したお金が口止めの効果を持たなかったのも、全てシリアスが悪い――そう思わないかい、お嬢ちゃん？」

「思わねぇよ」

真顔でサヨナが返答した。今までの依頼人とは一線を画する、人間としてクズ中のクズ――キング・オブ・ザ・クズ。それがこのおっさんなのだろう。

そして神は、何故《なぜ》かこのゴッドクズ野郎に、妙なハイスペックを与えてしまった。

「サヨナくんが随分と軽蔑していますねぇ。会長、ここは一つ会長の崇高なる最終目的を、この試された大地に語ってあげては？」

「誰が試された大地ですか⁉　試してるんですよこれはわたしがお前ら世界に‼」

「お嬢ちゃんの乳首には売り地の看板が立ってそうだなぁ〜。そんなおじさんの最終目的はねぇ、去年の売上ランキング上位に入っているあらゆるラノベの中に登場することなんだ！　欲を言えば最終決戦とかにゲスト登場して、そこで全裸になって愛を叫びたい！」

「もう正気じゃないですよこいつ‼　死のラノベ破壊ウイルスですよ‼」

「取《と》り敢《あ》えず、電撃文庫の上位陣から攻めていきますか」

「任せとけ！　手始めに全電撃文庫作家陣の著者近影におじさんが写るよう動いてこう！」

「外堀からチマチマ埋めていこうとするような発言はやめろォ‼」

【電撃文庫作品】
イラスト：

「こう言ってはアレですが、流石《さすが》に僕も会長にどこか危うさを感じますねぇ」

散々煽《あお》った割に、師すら会長の持つ危険性に戦慄している。

シリゆる会がどういう集まりなのか、サヨナも重々理解出来た。はっきり言ってすぐにでもお引取り願いたいのだが、シコルスキがそのような真似《まね》をするはずもない。

説明が終わったことを悟った会長が、本題に戻ろうとする。

「もしおじさんにリゼロ出演のオファーが来たらどうしようか？」

「来るわけねーだろ!!　あなたに待ってんのはムショからの再オファーぐらいですよ!!」

「色んな意味で一線《レーベル》を越えた発言ですが、地の文すら本題に戻りたがっているので戻りましょうか。我々に何とかして欲しいシリっている相手とは、果たしてどなたでしょう？」

「何の話？」

「何しに来たんですかこいつ⁉」

「ジョークジョーク！　そんなに怒らないでよお嬢ちゃん！　感じてんのかぁ〜？」

「…………」

サヨナは無言で懐《ふところ》からナイフを取り出した。

「おっと、刺殺プレイはご遠慮願いたいね！　取《と》り敢《あ》えずこれを見てくれないか？」

「文字通り逝《い》ったら負けみたいなプレイですねえ。どれどれ……」

「……これ、写真でしたっけ？」

写真——風景の一瞬を切り取り、特殊な用紙に転写した上で長期間保存可能な、絵画とはまた違う技術における産物である。実際に見たことのないサヨナだったが、話ぐらいは聞いたことがある。シコルスキは何度か見たことがあるようで、特に反応はしていなかった。

会長が取り出した一枚の写真には、薄緑色の髪を揺らしている少女が写っている。年の頃はサヨナと同じぐらいだろうか。見た目は美人だが、しかしどこか暗く悲壮感のある顔付きである。格好も町娘と言った風体ではなく、旅人のようなそれだった。

「ふむ。胸は服でよく見えませんが、サヨナくんよりかは大きいと見た」

「お嬢ちゃんより胸が小さいとか、それもう胸部に穴でも空いてんじゃない？」

「サヨナくんは虚《ホロウ》だった……？」

「まだ死んでないです……っていうか仮にわたしが虚《ホロウ》だとしても大虚《メノスグランデ》なので」

「なるほど！　お嬢ちゃんの胸囲はヴァストローデ級ってわけか！」

「サイズはヴァストローデ級ですが、能力的にはギリアン級だと思いますけどねぇ」

「もう写真見るのに戻れよお前らはぁ!!　他人のおっぱいを何だと思ってんですか!?　あとこの辺りのネタが細かすぎて編集に元ネタ説明するの面倒なんですよ!!　責任取れ!!」

「読者ではなく編集の目を気にして執筆する……文筆業界の歪《ゆが》みですねこれは」

そもそも大虚《メノスグランデ》と自称したのはこの弟子からなのだが、どうやら死神の魂葬相手の階級を使って己の乳房を愚弄されるのは我慢ならないらしい。怒りはアジューカス級であった。

「この美少女が今回シリってる標的でね。何やら自分の家族を殺した相手に復讐《ふくしゅう》をする為《ため》に、その復讐相手《ふくしゅうあいて》を探す旅をしているらしいんだ。虫唾《むしず》が走らないかい？」

「見た目的には、会長のストライクゾーン内角高めのようですが？」

「球審の判定が響くコースじゃないですか……」

「おじさんを猿と一緒にしてもらっちゃ困るなあ。別にこの子……ああ、名前は《ユズ》って言うんだけどね、彼女はおじさんのストライクゾーンからの一球外しだよ。そして次の一球は、おじさんのストライクゾーンど真ん中にお嬢ちゃんが来る。正直お嬢ちゃんを抱きたい」

「うるせえぞ猿以下ぁ!!」

「いいのですか？　これが書かれている段階では、我々の担当絵師は不明です。つまり、サヨナくんのデザインがえげつないほどブスになる可能性がありますよ」

「おっと、特別顧問！　おじさんの情報網によると、この作品の担当絵師はかれい先生だぞ！」

「なんと……これは驚きましたね。サヨナくんがプリチーなヒロイン顔になってしまう」

「驚くも何も、わたしはヒロインなんだからプリティフェイスになるのは当然ですけど!?」

「いえ、驚いたのはそこではありません。例の電撃文庫編集部の阿南《あなん》と土屋《つちや》が、「こんなクソ小説の絵を担当可能な聖人君子なんて居ねえだろ」とボヤき、企画が難航していたので――もう我々は絵師不在の結果、総じて有象《うぞう》が描いた棒人間でデザインされるとばかり」

「それで出版したら、その犯罪者共は今後二度と作家と編集を名乗れませんよ……っていうか、僅《わず》か数行でこの小説に関わってるほぼ全員の名前が出て来てるの意味分かんないですからね？」

「因みにおじさんは、こんな下劣な作品を担当することによって、聖人君子《かれいせんせい》の経歴に瑕《きず》が付く事実に対し良心と股間が疼《うず》いて仕方がない！　背徳的で正直興奮する！」

「黙れ下劣の象徴!!」

——要約すると、このユズという少女の復讐《ふくしゅう》を何とかして欲しい、というのが会長の依頼となるらしい。復讐《ふくしゅう》を手伝うわけではなく、むしろ邪魔をしつつこの少女をシリアスとは無縁の真っ当な道に戻してくれ……とのことである。何だか妙な依頼であった。

「ふむ。収拾がつかないから、地の文でコンパクトに纏《まと》められてしまった。しかし会長、このユズという女性は果たして今どこに居るのですか？　彼女を探すところから始めるとなると、中々に骨の折れそうな依頼ではありますが」

「ああ、その点は安心していい。こんなこともあろうかと、彼女と復讐相手《ふくしゅうあいて》が遭遇するよう、上手《うま》いことシリゆる会でセッティングしておいたからね！」

「マッチングサービスのようですねえ」

「そこまでやるなら、もう自分達《じぶんたち》で何とかすればいいのでは……？」

「それを言ってしまうと、我々の仕事は成り立ちませんよ。遭遇地点が判明しているのなら、打てる手は色々あります。お任せ下さい、会長」

「よろしく頼むよ。当日はおじさんも手伝っちゃうぞ～！」

「この人をコストにユージンさん召喚してください、先生」

「その場合ユージンくんが百人ぐらい現れますよ」

「どんだけ召喚コスト安いんですかあの人⁉」

己の知らぬところで安く見られるユージンであった――

「おっと、場面転換の時間ですね。そいっ！」

「おじさんもこの前セールで買ったし、ついでに投げとこう！」

「アレって市販してるんだ……」

＊＊

「――あなた達《たち》が案内人？」

そう話し掛けて来たのは、瞳に暗い色を滾《たぎ》らせる復讐者《ふくしゆうしや》の少女、ユズであった。

「ええ。お待ちしておりました。ユズさんでしたか？」

朗らかにシコルスキが握手を求めるが、ユズは目を逸《そ》らしてそれを拒否する。

「……名乗る意味は無いわ。あたしに関わらないで。案内だけしてくれればそれでいいから」

「うわぁ……先生、凄《すご》いですよこの人。場違い感が……」

「会長が気に掛けるのも納得ですねえ。我々とは生きている世界観《ジャンル》が違う」

「可哀想《かわいそう》に……」

「何をぶつくさ言っているの？　あの男の居場所を知っていると言ったのはそっちでしょ？　あたしを騙《だま》すつもりなら、相応の覚悟はしておくことね」

一振りの刃をちらつかせながら、ユズが凄《すご》む。が、シコルスキには全く通用せず、サヨナはこれからのことを考えると、彼女に同情しか出来なかった。

「我々は案内人のシコルスキと、その助手のサヨナくんです。そちらと事を構える気はサラサラありませんので、悪《あ》しからず。一応確認ですが、ユズさんが狙っているのは、確か――」

「――隻眼の男よ。額と右腕に蛇の刺青をしているわ。髪の色は血染めの赤……それを、たてがみの如《ごと》く逆立てている。目立つ容姿だから、間違えようがないと思うけれど」

「なるほど。田舎のヤンキー崩れ、と。じゃあ多分間違いないですねえ」

「一気にスケールダウンするような比喩はやめた方が……」

「言っておくけど、手出しは無用よ。案内だけしたら、消えていいわ」

「ユズさんは処女ですか？」

「会話が成り立ってねえ!!」

「処女って何？　無駄話をするつもりはない。早くして」

「ピュアッピュアですよこの人!!　眩《まぶ》しい!!」

「君が薄汚れているだけですよ、サヨナくん」

「いや処女の意味とかその辺りの野良猫《のらねこ》でも知ってますし」

それはねえよ、と思ったシコルスキだったが、ツッコミ役には回りたくないので黙っておいた。最近の弟子のポテンシャルアップには、やや背筋が寒くなる思いである。

二人が案内するのは、薄暗い裏路地である。この先にユズが標的とする復讐相手《ふくしゅうあいて》が居るらしい。その辺りのセッティングは全てシリゆる会が行ったので、詳しいことは二人も知らない。あくまで、シコルスキが担当したのはそこに行くまでの過程——即《すなわ》ち。

「この裏路地には異界に伝わる《怒切《どっきり》》という概念を転用しました。ここから先、ユズさんには《怒切《どっきり》》を受けて貰《もら》います。その名も、『嬉《うれ》し恥《は》ずかしシリゆるロード』！」

「ネーミングセンスの所在が……」

「肝心なのは中身ですよ。さあさあユズさん、足元に気を付けながら進みましょう」

「あなた達《たち》、本当に案内人？　旅芸人じゃないの？」

「今から芸人になるのはあなたです」

「……？」

サヨナの忠告に、ユズは小首を傾《かし》げた。が、これ以上二人と関わるのを避けたのか、気を取り直してシリゆるロードに足を踏み入れる。シコルスキとサヨナは、そんなユズの背後に付き従うようにして追う。今回の主役は二人ではなく、この出る小説を間違えた彼女である。

「さあ、第一の《怒切《どつきり》》が近付いてきましたよサヨナくん！」

「イキイキしてますね、先生」

「ねえ。何で案内人より先に歩――」

突如としてユズの姿が消えた。否、消えたのではない――落ちたのだ！

「落とし穴ーッ‼」

「三話でも見た光景⁉」

「安全に配慮して、ユージンくん版とは違い浅めに掘っています。また、穴の中には小麦粉を敷き詰めているので、全身が白くなりつつも怪我《けが》の可能性はありません！」

「そこまで配慮出来るなら、何でユージンさんには殺す気でやったんですかね……。っていうか落とし穴って、大体の場合フィニッシュに持って来るべきヤツなのでは……？」

最初からクライマックスを仕掛けた師に対し、流れを重視する弟子が疑問を呈した。なお、サヨナはシリゆるロードの作成に関わっていないので、何があるのかを知らない。あくまで全貌を把握しているのはシコルスキのみである。

これでユズもこちら側の存在になっただろう――そう考えた二人だったが、穴から小麦粉を巻き上げながら、風と共にユズが跳び上がってきた。その姿は、全く粉まみれではない！

「――奴《やつ》の罠《わな》ね。侵入者対策かしら」

「我々の罠《わな》で君対策なのですが、黙っておきましょうか」

「お、温度差……」

まさかの落とし穴無効化に、サヨナは動揺を隠せない。ユズ自身は何だか妙な勘違いをしているが、落とし穴という王道トラップが効かないのは、物語上非常に困る。

なのでシコルスキは指をパチンと鳴らし、リカバリーを開始した。

「そぉい!!」

するとどこからか全裸の会長が現れ、油断しているユズを再度落とし穴へと叩《たた》き落《お》とした。

「何事っ――――……」

「そいそいそいそいそいそいあァアッツ!!　カーッ、ペッ!!　ちんこ!!」

更に落ちたユズ目掛けて小麦粉の袋をドバドバと投げ、トドメとばかりに痰《たん》と汚言を吐く。

その顔はまさに鬼気迫るものがあり、シリっている彼女が余程許せないように見えた。

「姿が見えないと思ったら、こんな形でスタンバイしてたんですねあの人……」

「ええ。因《ちな》みに『肉体のみ消える魔法』を使っているので、今の会長の姿は我々以外には見えません。その為《ため》の全裸です！」

「リアルに姿が見えない状態だったんですか!?」

「この透明化魔法で、僕をバカにした女達《たち》にやりたい放題復讐《ふくしゅう》してやる……！」

「何か卑猥《ひわい》な漫画のバナー広告みたいなこと言ってますけど!?」

「決意表明みたいなものですよ。じゃあ会長、次の出番まで待機お願いします」

「おっさん、透明化魔法、裏路地。何も起こらないはずもなく――」

「早く行け！」

サヨナが吠《ほ》えると、会長は尻と股間を揺らしながらどこかへと去っていった。

待っている間は、恐らく法に触れるようなことをしているのだろう。死ねばいいのにと、サヨナは素直に思った。

しばらく待っていると、粉にまみれたユズが落とし穴から這《は》い上《あ》がってくる。あまりにも粉まみれなので、一瞬誰か分からない程だった。

「………………」

「これで我々の仲間ですねえ。ウェルカム・トゥ・アンダーグラウンド《ギャグ時空へようこそ》」

「油断していたわ。奴《やつ》は手強《てごわ》い――それを身に沁《し》みて思い知らされた。恥じ入るべきは、あたし自身。待たせてごめんなさい。行きましょう」

風を発生させて、ユズは己に降り掛かった粉をほとんど吹き飛ばす。そしてキリッとした表情を崩すことなく、落とし穴を飛び越えて、シリゆるロードを再び進み始めた。

「聞いてないし効いてないようですが……」

「会長の痰《たん》が当たらなかったのが痛手でしたか。まあいいでしょう。まだまだシリゆるロードはありますからねえ……！」

（わたし何やってんだろ……復讐《ふくしゅう》の邪魔なんて……）

冷静に考えると虚《むな》しくなるサヨナだったが、それをかぶりを振って誤魔化す。

そして師に続き落とし穴を飛び越え——ようとしたら運動能力が足りず、普通に落下した。

「あああああああああ!!」

「まさにオチ担当」

「げっほ、ぶえっほ!!　ゴホッ!!　しばくぞ!!」

「何をしているの？　足を引っ張るのなら、帰って」

ヒイヒイ言いながら這《は》い上《あ》がったサヨナの粉を風で飛ばしながら、冷めた顔でユズが告げる。

「……先生」

「何ですか、サヨナくん？」

「破滅させましょう……あの女を……」

「うーんまさに悪女」

逆ギレで覚悟完了したサヨナと共に、シコルスキはさっさと行ってしまったユズを追う。

第二のポイントがまさに目前へと迫っていた。

「次は何があるんですか？」

「見ていれば分かりますよ。特定のポイントを踏んだ瞬間、僕の転送魔法が発動し——」

「……！　殺気!?」

ガシャァァアン！

「——何と上空から金ダライが落ちてくるのです！」

「初手に持って来てくださいよこんな地味なの」

金ダライの不意打ちを跳んで避けたユズが、着地地点でまた金ダライの発動ポイントを踏む。後はその繰り返しであり、しばらくの間ガシャガシャとけたたましい音が路地裏に響いた。

そして——金ダライをユズは全て避け切ってしまう。

「妙な攻撃方法ね。これに当たると痛いだろうけど、深手にはなり得ないわ」

「ドリフはかなり気を使ってやってたらしいので、意外と深手になるのですがね……」

「反論する箇所が違いますよ……」

「しかし彼女にはバラエティを理解して頂かなければ。リカバリーを開始します」

「そんな趣旨でしたっけ⁉」

またもパチンと指を鳴らすシコルスキ。すると案の定、全裸の会長が金ダライを構えてこちらへと疾走して来る。二人以外からは、金ダライが浮いて飛翔《ひしょう》しているように見えただろう。

会長は高く跳び上がり、油断しているユズ目掛けて金ダライを——叩《たた》き付《つ》ける！

「シャッッッ」

「はぎゅあ！」

「ナイスリカバリーですよ会長！」

「リカバリーっていうか、単なるゴリ押しなのでは……」

「すまない、おじさんは今留学生のダニエルと一緒に人妻を攻略中なんだ！　さらば！」

「姿見えないのに⁉」

嵐のように会長が去っていく。ユズはいきなりの頭部への不意打ちで、頭を抱えてうずくまっていた。至極真っ当なリアクションである。

「……っ。意外と……痛いわね。でも、こんなところで立ち止まってられないわ」

「先生。あと数十発ぐらい叩《たた》き込《こ》む方がいいんじゃないですか？」

「素人《しろうと》のドッキリじゃないんですから、加減を間違えてはなりませんよ」

「我々もプロではない気がするんですけど……」

ややふらつきながらも、ユズはまた進み始めた。その身に纏《まと》うシリってるオーラは中々に強固であり、まだ破れそうにない。こちら側の時空へと堕《お》ちるのは、果たしていつになるのか。

そんなことを思いながらサヨナは一歩踏み出し――

ガシャアアアアアン‼

「うぼぁ‼」

――残っていた金ダライの発動ポイントを踏み付け、脳天に直撃を喰《く》らった。

更によろめいたサヨナは、残っているポイントを次々と踏んでは、タライを一身に受け止めていく。頭で。顔で。最大限のリアクションと共に。

「ぐぎゃあああああああ!!」

「…………」

「ああああ……!」

「…………………。一人で何をやっているのですか？　次行きますすよ」

「もうちょいツッコミに力入れろよちくしょう!!」

だが師は付き合ってはくれなかった。ちょっと身体《からだ》を張るとこれである。

そうこうしている内に、ユズが第三のポイントに到達した。

「また殺気――」

「とりあえず殺気って言わせておけば、敏感察知系のキャラっぽく見えて便利ですねえ」

「そんな小手先の話はどうでもいいので……。次は何があるんですか？」

「お次はお待ちかね――」

『もふーっ』

「――淫獣の登場です!!」

「淫獣!?」

細長く小さいきつね色の獣が、ユズの足元をちょろちょろと走っている。その毛は柔らかくもこもことしており、触り心地が良さそうだ。外見もネズミやリスのようで非常に愛らしく、淫獣という名前だけが浮いて聞こえた。

「か、かわいい……。先生、アレは一体……？」

「淫獣です」

「その一言で終わらせないでくださいよ!!　ウチに住んでる例のアレより、よっぽどマスコットキャラクター枠を埋めるに相応《ふさわ》しいですけど!?」

「ToLOVEるに出演するのが夢の淫獣です」

「様々な意味で叶《かな》わぬ夢の持ち主……！」

ユズは足元の淫獣をじっと見つめている。淫獣に戦闘力は皆無であり、刃で払えばそれだけで命を散らすだろう。復讐者《ふくしゅうしゃ》はその場でしゃがみ込み——そして何事も無かったかのように歩き出した。その場に淫獣は……居ない。

「ちょ、ちょっと待ってください！　淫獣をどこにやったんですか？」

「淫獣？　意味の分からないことを言わないで。何も居なかったでしょ」

素知らぬ顔でユズが答える。その胸部辺りがモゴモゴと動いているが、あくまで何も無かったフリを貫くつもりらしい。

「先生!!　淫獣テイクアウトされてますよ!!」

「ふむ……しかし淫獣からすれば、ユズさんの服の中に仕舞われたのは渡りに船でしょう。淫獣としての本懐を遂げるには、今まさにこの時しかありません」

「淫獣淫獣って何なの？　これはあたしの相棒のもこ次郎だけど？」

「出会って二秒で即命名⁉」

「淫獣！　頑張って暴れなさい！　役目ですよ！」

「こら、動かないで。さ……行きましょ」

大して淫《みだ》らな行為も出来ず、淫獣は飼い慣らされてそのままお持ち帰りされてしまった。

むしろホクホク顔でユズが先に行く。淫獣としての仕事は出来なかったが、結果的に彼女の纏《まと》うシリオーラを緩めることには成功したのではないだろうか。結果オーライということで、ひとまずシコルスキは納得する。

「……。先生、淫獣ってあの一匹だけなんですか？」

「おや？　サヨナくんも淫獣が欲しいのですか？」

「欲しいって言うか、やっぱりわたしも女の子ですし？　可愛《かわい》い生き物には心惹《ひ》かれるものがあると言いますか、まあ正直一匹持って帰りたいんですけど……」

「しかし残念、あの淫獣は女性の豊かな乳房の間に営巣《えいそう》をします。サヨナくんが同様に服へと仕舞いこんだ場合、淫獣は営巣《えいそう》出来ず恐慌《きょうこう》状態になり、十中八九死ぬでしょう。そんな未来なき荒野へと淫獣を誘うわけにはいきませんねえ」

「絶滅しろあんな淫獣!!」

「なので代わりと言ってはなんですが、リカバリーとして別の淫獣を用意しました」

「ハァ……ハァ……。呼んだ？　お嬢ちゃん……？　呼んだ？　ねえ？　呼んだ！……？」

いつの間にか、息を荒らげた淫獣《会長》がサヨナの背後にそそり立っていた。

「ダニエルの所へ帰れ!!」

「タチウオ……♥」

「ゆっくり言うと何かいやらしい単語シリーズですかねえ？」

「意味の分からないシリーズで魚類を穢《けが》さないでください!!　もう次行きますよ次!!」

「冷たいですねえ。会長はサヨナくんに性的魅力を感じる、数少ない男性だというのに」

「何でわたしがバケモノのタゲ取りをしなくちゃならないんですか!?」

散々な言いようだった。そのバケモノに気を取られている間に、ユズは次のポイントへと到達している。もうちょっとこっちと絡《から》めよオイ――サヨナが内心で独りごちた。

「ねえ。何か置いてあるんだけど」

立ち止まっていたユズが、路地の片隅にあるものを指差す。

――長机と、その上の皿に置かれた三つの物体。不自然極まりない設置物だった。

「ふむ。これはどうやらシュークリームと呼ばれるお菓子のようですね。三つあるみたいですが、しかしどうやらその中の一つだけがハズレで、中身が激辛クリームになっている気がします。確証はありませんが……これを片付けなければこの先には進めないと思いますよ」

「詳しいのね」

「その一言で片付けられるって、シリアス畑の人間はアホなんですか？」

因《ちな》みに、前方には薄い透明な壁が張られているので、本当に先へ進めない。

無論、シコルスキが魔法で妨害しているだけなのだが――ユズは気付いていないようだ。本当にアホなのかもしれない。そんな若干の偏見を、ギャグ畑産地直送の弟子が持った。

「丁度ここには三人居るので、取《と》り敢《あ》えず一人一つ食べてみてはどうです？」

「いいですね！　そうしましょう！」

師匠の提案に、サヨナがすぐ肯定した。流れ的に、シコルスキはどれが当たりでどれがハズレかを把握している。そして、ユズにハズレを引かせるのは最早《もはや》確定的に明らかだ。つまり、サヨナはのんびりと甘いスイーツに舌鼓《したつづみ》を打ちながら、シリっている女が悶《もだ》える姿を眺めることが出来るのである。シュークリームが数百倍ぐらい美味《うま》くなるシチュエーションであろう。

「ふぃっふぉふぁふぁっふぁふぁふぁふぁ、ふぁふぇふぁふぁい」

しかし既に両頬をハムスターレベルで膨らませたユズが、解読不能な言語を唱えていた。

「先生こいつ二つ喰《く》らってますよ!!」

「先手を打たれましたか……流石《さすが》はシリっているだけある。油断なりませんね」

「いやもうさっきからこの人の行動ギャグ寄りになってませんかね!?　太らせた金魚みたいな顔になってますけど!?」

「……んぐ。どうやら毒はないようね」

「しかも当たりを二つ引いたようですねぇ」

「毒が残った!!」

「なら捨てればいいじゃない」

しれっと言うユズに対し、サヨナは微妙な表情になりながらも頷《うなず》いておく。

が、厳しい顔をしたシコルスキが、首を横に振った。

「食べ物を粗末にしてはなりませんよ。我々がアニメ化した際、BPOに怒られてしまう」

「明日世界が滅んだらどうしよう並に空虚な憂慮ですよそれは」

「悪いけど、先を急ぎたいの。食べるなら食べるで、早くしてくれないかしら」

「殴っていいスか？　こいつ」

「君は女性キャラと仲良くするのが苦手なようで。ではサヨナくん、頼みましたよ」

やっぱりか——サヨナは手渡されたシュークリームを受け取り、空を仰ぐ。

そして何の躊躇《ためら》いもなく、激辛クリームが確定しているそれに、かぶりつき——

＊

「いよいよ最後のポイントとなってしまいました」

「…………」

「おや？　どうしましたサヨナくん？　そんなまな板みたいな顔して」

「……いえ、別に。残酷な場面カットに辟易《へきえき》しているだけです。あとまな板なのは胸です」

「大丈夫ですよ。ちゃんと行間を読めば、君がどうなったか皆分かるはずなので」

「国語の先生みたいなこと言わないでください」

あれよあれよとユズはシリゆるロードを突破してしまい、とうとう残す罠《わな》もあと一つである。

正直なところ、もう結構な割合でこちら側へと引き込んだ感じではあるが、それでもまだ本人はシリっている様相を隠さない。もうひと押し——シコルスキは決意を新たにする。

因《ちな》みに、サヨナに関してはそっとしておいてあげることにした。

「流れ上一応確認しますけど、最後は何を仕掛けてるんですか？」

「今に分かりますよ」

「！　バケツが……浮いてる？」

ユズが立ち止まり、警戒態勢を取る。彼女の目には、二つのバケツが宙に浮いているように見えている。一方で、サヨナには全裸のおっさんが威風堂々たる面持ちで、罰として路地裏でバケツを持たされているような光景が目に入った。

シコルスキは、初手から会長という切り札を切ったのだ。嫌な予感がサヨナの脳内で弾《はじ》けた。

「魔物の可能性があるわ。二人は下がってて」

「ではお言葉に甘えましょう」

「魔物の方が数兆倍マシですよね」

「人は誰しも、心に魔物を放し飼っている――――」

　声だけ残すようにして、会長がその場から掻《か》き消える。分かってはいたが、見た目に反して会長の運動能力は非常に高いらしい。ユズは反射的にバケツの残像を追ったが、それを上回る速度で、会長はバケツの一つをひっくり返して彼女に中身をぶちまけた。

「――性欲という魔物を」

「放し飼いにしないでくださいそんな魔物」

「くっ……！　何、これ……!?」

　ぶちまけられた液体は無色透明で、臭いなども特にない。水に近いようなものだった。

　が、あろうことかその液体はシュワシュワと音を立てながら、ユズの衣服を溶かしていく！

「これぞ僕が幼少期より必死に開発と改良を繰り返した、その名も《裸が見たい液》です!!」

「もうちょっと命名を頑張りましょうよ!!」

「ToLOVEるに強い影響を受けて作ったのですが、効果は充分のようですね。先に説明しておくと、あの液体は衣類の繊維質のみを溶かします。人体に影響はありません。以上」

「説明要らないレベルですね……」

　直撃は回避したのか、ユズは何とか局部を隠すぐらいの繊維は残っている。しかし、これは流石《さすが》に羞恥心に堪えたのか、顔を赤らめながら辺りを睨《にら》み付《つ》けた。

「卑劣……!!　こうやって対象の防御力を奪うなんて……!!」

「シリってる人が裸にひん剝《む》かれたら、そんな斜め上の解釈するんですね」

「お嬢ちゃん……？　何を他人事《ひとごと》のように観察しているんだい……？」

「殺気⁉」

「やられる前にそれ言っても手遅れですからね、サヨナくん」

バケツは二つあった——つまりはそういうことである。会長の強い望みにより、シコルスキがわざわざ二つ用意した《裸が見たい液》は、蚊帳《かや》の外に居たつもりのサヨナを襲う。一般人に毛が生えた程度の運動能力しかないサヨナは、見事に直撃を喰《く》らってしまった。

「いやああああああああ‼　挿絵にされるーッ‼」

ほとんど全裸にひん剝《む》かれた結果、思わずサヨナはそう叫んだ。

「未《いま》だかつてない悲鳴ですねぇ」

「ムクムクムクッ！」

会長の小会長が元気に起立した。欲望に素直なようである。まさに欲棒であった。

「じゃあ先へ進みましょうか」

「この状況で進軍を選ぶんですか⁉」

「でも……こんなところで立ち止まってられない……！」

「いや立ち止まって服屋さん辺りへ行きましょうよ‼　この場に四人居てまともに服着てるのが、本来脱ぎたがりの先生だけなんですよ⁉」

「四人？　三人でしょ？」

「状況がめんどくせえ!!」

「僕は結果的に脱いでいるだけで、別に脱ぎたがりというわけではありませんけどねえ」

「でも、四人か……そうね。いいことを思いついたわ」

果たして今の会話から何のインスピレーションを得たのか、ユズは何やらごそごそとする。

やがて、自信に満ちた顔でまたも一歩を踏み出した。

その胸囲には——一生懸命に伸びをした淫獣がしがみついている。

「もこ次郎で隠せばいいのよ」

「この人やっぱ相当なバカですよ!!　シリアスの皮を被《かぶ》ったアホですよ!!」

「闇堕《やみお》ち寸前の売れないグラドルみたいな格好になりましたねえ」

「仕方ないじゃない。そこのあなたも、いつまでも腕で胸を隠すわけにいかないでしょ」

「まあそうなんですけど……でもわたし淫獣持ってませんし」

「サヨナくんの場合、胸を腕で隠すというより、自分にラリアットしているように見える」

「わたしの色気を殺すような感想はやめてくれませんかね!?」

しかし、このままでは埒《らち》が明かない。仕方ないのでシコルスキは懐《ふところ》よりとある道具を取り出し、サヨナへと手渡した。

「これを使いなさい、サヨナくん」

＊＊

「これ先生が場面転換で投げてたやつですよね⁉　どう使えと⁉」

「どうもこうも、本来これは乳首に貼り付ける用途で開発された異界の道具です。その名も《無効券》《ニップレス》！　僕の祖父が作り上げ、そして市場に流通させました」

「じゃあ何で今まで場面転換で投げてたんですか⁉」

「売れずに余ってたので」

「在庫処分⁉」

「因《ちな》みにおじさんは、貼った後すぐに剝がす時の快感に弱いぞ！　オススメ！」

「こんなのがセールストークするから売れないんですよ」

「よく分からないけど、さっさと貼って次に進むわよ」

「よく分かれよ獣ブラ女……ッ‼」

「《無効券》《ニップレス》はまだ一枚余っているので、場面転換しておきますかね」

「もうこれから場面転換の度に、乳首に貼り付けるものを投げてるイメージが残る……」

＊

「――ここが奴《やつ》の現れる場所なの？」

「はい。まだ来ていないようですけれども」

「そう。……遂《つい》にこの時が来たわ」

「どれだけ真面目なことを言ったところで、この場に居るのは乳をさらけ出したわたし達《たち》変態女二人なんですがそれは」

「……殺気⁉」

「ホントそれ便利‼」

じゃり、という音が路地裏の一角に響き渡る。この場に居るのは乳をさらけ出した女二人と、脱ぎどころを逃した賢勇者、そしてステルスしている狂人のみ。

そこに加わる新たなる闖入者《ちんにゅうしゃ》、それこそがユズの復讐相手《ふくしゅうあいて》――

「絶対にこの手で殺す――」

――現れたのは、全身粉まみれで頭部に幾つものたんこぶを作り、口周りをクリームでベッタベタに汚した上で股間を淫獣で隠している、全裸の男だった。

「——どちら様……ッ⁉」

「いや何で復讐《ふくしゅう》相手《あいて》も全トラップに引っ掛かってるんですか⁉」

「ここは丁度路地裏の中間地点になるのですが、相手側のルートにも同じ罠《わな》をついでなので仕込んでおきました。まさかご丁寧に全部直撃するとは、思っても見ませんでしたが」

「あの人回避力がわたし並なのでは……？」

「因《ちな》みに、《裸が見たい液》は会長に渡したバケツ二杯分しかありません」

「じゃあ最初から全裸じゃないですかあの田舎のヤンキー崩れ‼」

更に言うと、粉のせいで特徴的な頭髪や刺青が全部隠れているので、本当にユズの仇《かたき》なのかすら分からない状態だった。辛《かろ》うじて眼帯をしているので、隻眼であることだけは分かる。

「殺していいのかどうか分からない……！」

「遂《つい》に真っ当な反応になりましたよこっちも‼」

「貴様達《きさまたち》——」

田舎の変質者が低く唸《うな》るように声を出した。やや声が掠《かす》れているように思えるのは、激辛クリームで喉を潰したからかもしれない。

「——そんなはしたない格好で恥ずかしくないのか」

「うるせえよ⁉」

「どの口が言うの……⁉」

はしたない二人が同時に言葉を返した。相手は意外とまともな感性の持ち主のようだ。

「……特別顧問。おじさんの透明化を解除してくれないか」

「構いませんが……ダニエルするのはもういいのですか？」

「ああ。もう人妻は完落《ダニエル》ちしたからね。頼むよ」

「分かりました。では！」

会長の望み通り、シコルスキはその身に纏《まと》わせた透明化魔法を解く。すると、会長は対峙《たいじ》し合う変質者とはしたない女達《たち》の間に、割って入った。

「今度は何……⁉　また裸なの……⁉」

「せ、先生！　何故《なぜ》奴《やつ》の封印を解いたんですか⁉」

「本人希望です」

「普通の理由‼」

「何だ貴様は。そんなはしたない格好して恥ずか――」

「おじさんパンチ‼」

真っ白い変質者が言い終わる前に、肌色の変質者が拳一つで打倒してしまった。突然の行動に上半身が肌色のはしたない女達《たち》が驚き、唯一着衣状態の賢勇者は脱ぎどころを逃したことをマジで後悔していた。

「――復讐《ふくしゅう》はこれで終わりだ。二度とこの男は立ち上がれないさ」

「え……？　そんな、何で――」

「だからもう、シリっていくのはやめなさい。ユズ」

「――パパ⁉」

「……ええええええええええええええええええええええええ⁉」

「急展開ですねえ」

会長がユズの方に向き直ると、ユズはそのおっさんをパパと呼んだ。すわ怪しい関係かと思ったサヨナだったが、どうやらそういうわけではないらしい。

二人は血縁関係――実の親子なのだった。

「隠していてすまない、特別顧問にお嬢ちゃん。ユズは、おじさんの娘なんだ」

「ある程度察してはいましたが、やはりそうでしたか」

「っていうかそんな察することが出来る要素ありました？　こんな三流ギャグ小説に」

「読み直せば何となく分かるかもしれませんねえ」

「何で……パパがここに……」

「多くは語るまいよ。復讐《ふくしゅう》の道に堕《お》ちる娘を、放っておける父親がいるものか」

「まさに理想の父親ではありませんか」

「今読み直したら、あのクズ実の娘に小麦粉ぶちまけて痰《たん》吐いてタライで殴って、最終的に液体ぶっ掛けて裸にひん剝《む》いてますけど」

どこが理想の父親やねん、とサヨナは締《し》め括《くく》っておいた。オチが近付くこの状況で、あのおっさんの評価を上げることだけは阻止しているのである。

どうやら、会長は実の娘の復讐《ふくしゅう》を止める為《ため》に、シコルスキへ協力を依頼したということらしい。その事情を伏せていた理由は不明だが、特に興味もないのでサヨナは聞かなかった。

「ユズ。これからは普通の女の子として生きなさい。復讐《ふくしゅう》に身をやつすなど——」

「…………の、口が」

「ん？」

「どの、口が……言うのよ……！　元はといえば、お前が罪を犯して捕まるって聞いたから、ママはお前と離婚したのよ⁉　そこから女手一つであたしを育てるために、ママは身体《からだ》を売ってまでして苦労したの‼　そのせいで、悪いヤツに騙《だま》されて、ママは命まで奪われたのに‼」

「ユズさんがシリってる全ての元凶じゃないですかあいつ⁉」

「それは違うぞ、ユズ。母さんは元々娼婦《しょうふ》だから、身体《からだ》を売るのは苦ではなかったはずだ！」

「キング・オブ・ゴッドクズ発言ですよこれ⁉」

「笑っていいのか、判断に苦しむ領域ですねぇ」

「あたしが本当に殺したいのは——お前だ‼　今ここで、決着をつけるッ‼」

刃を引き抜き、鬼気迫る表情でユズが吠《ほ》える。一方で全裸の巨悪はポリポリと後頭部を指で掻《か》きながら、疑問符を浮かべるように首を傾《かし》げた。

「おかしいな……何がダメだったんだろう？」

「おめーの生き方だよ‼」

　全力でサヨナが糾弾したが、全く響いていない。むしろ幾度となく振るわれるユズの刃を、会長はひょいひょいと避け続けている。決してユズは弱くなく、むしろ強い部類に入るはずなのだが、ゴッドクズの強さは娘の想定を超えていた。

「会長。我々はどうすればいいですか？　必要ならば、お手伝いしますが」

「いや、ユズの復讐《ふくしゅう》相手《あいて》はおじさんが直接ぶちのめしたし、こうやって娘と直接じゃれ合うのも一興だと思うんだ！　二人には感謝しているよ！　ありがとう！」

「何で！　何で当たらないッ⁉」

「とんでもない邪悪ですよあいつ……。鳥肌が止まらないんですけど……」

「ジャンルによっては、会長は狂気の悪役として君臨出来るでしょうねえ。まあ、これ以上は親子の問題でしょうし、我々が出来ることはもう無いでしょう。一件落着です！」

「何一つ解決してない上に、後味が激辛クリームよりも悪い……！」

あの親子の問題が解決する日はいつになるのか、賢勇者とその弟子はしばらく路地裏で意見を交わしてみたが、答えが出たかすら定《さだ》かでは、ない——

《第五話　終》

第六話◎栄武威《えいぶい》と弟子

Great Quest
For
The Brave-Genius
Sikorski Zeelife

「あれ……何の音だろう」

ある日のことである。サヨナはシコルスキ邸の入口前で草むしりをしていたのだが、ババババ……という音が空から聞こえたので、動かす手を止めた。

見上げると、何やら見たことのない飛行物体がサヨナ目掛けて――

ゴンッ。

「いっっ……たぁぁい！　な、なに!?　なんなの!?　敵襲!?」

飛行物体はサヨナの側頭に直撃し、そのまま地面に転がって動きを止めた。さながら投石でも喰《く》らったかのような痛みをサヨナは感じ、殺意の籠った目で墜落物体を睨《にら》み付《つ》ける。が、もし墜落物体が魔物だったら超怖いので、近寄って確認することはしなかった。

「ふあぁ……どうしました、サヨナくん？　まるでラノベの擬音みたいな音がしましたが」

「何ですかラノベの擬音って……。って、見てくださいよ、これ！」

眠そうな顔をして、師であるシコルスキが邸内から現れる。

サヨナは自分の腫れた側頭部を、これでもかとばかりに指差して見せ付けた。

「君の胸よりも腫れていますねえ。そこを膨らませても虚《むな》しくありませんか？」

「あなたに怪我《けが》を見せたことに対する虚《むな》しさの方が勝りましたよ今」

「冗談ですよ。ふむ、何か飛んできたみたいですね」

言いながら、シコルスキはサヨナの患部に手を翳《かざ》す。すると、あっという間に腫れが引いて怪我《けが》が治ってしまった。口ではアレなことばかり言うが、何だかんだでシコルスキはリヨナが怪我《けが》や病気になれば、たちまち治してくれるのである。少しサヨナはほっこりとした。

一方で、シコルスキは墜落物体に見覚えがあるのか、無警戒のままそれに近付き回収する。

「魔物……じゃないですよね？」

「ええ。いわゆる発明品の一種です。名前は覚えていませんが、指定したポイントまで自動的に飛んで行く、まあ言うなれば機械仕掛《きかいじか》けの伝書鳩《でんしよばと》と言ったところですかね」

「発明品……？　機械仕掛《きかいじか》け……？」

異界の道具をシコルスキはよく再現しているが、それと似たような趣味を持つ者が他にも居るのだろうか。サヨナにはあまり分からなかった。

伝書鳩《でんしよばと》とは言うが、墜落物体は円盤状であり、何やら小さい風車のようなものが数個取り付けられている。シコルスキはその円盤をカパッと開いて、中に入っていたモノを取り出す。

それは、一通の手紙であった。

「おや。珍しいですねえ、彼から手紙が来るとは」

「送り主の名前とかありませんけど、誰からのものか分かるんですか？」

「この道具と字体の持ち主は、僕が知る限り一人しかいませんので。読みます？」

「あ、はい。一応……」

——キサマの力を借りてやるから来い。

便箋一枚にそれだけがしたためられており、思わずサヨナはずっこけた。

「思ったより短くて驚きなんですけど……依頼の手紙ですか、これ？」

「そのようですねえ。まあ、彼は文通が出来るほど器用じゃありませんからね。さて、では外出の準備をしましょう」

「すぐ向かうんですね……分かりました。今回はどちらに？」

「王都《レオステップ》です。彼は今そこに住んでいるので」

「……！」

レオステップ——その名の通り、レオステップ王国最大の都市にして、首都である。大陸でも随一の栄華を誇るそこに、今回の依頼人が居るらしい。こちらから出向く、というパターンは今まで類を見なかったが、シコルスキが行くと言った以上は、付いて行くのが弟子の定めだ。

「ところで、この円盤はどうするんですか？」

「返却の為《ため》に持って行くには邪魔ですし、僕が扱うには門外漢なので、埋めときましょうか」

「ええ……まあいっか」

こうして準備もそこそこに、二人は出立するのであった。

＊

これまで様々な国や町、村に同行したことのあるサヨナだったが、王都と呼ばれるここレオステップに来たことは無かった。一方でシコルスキは何度も来たことがあるらしく、特に地図などを眺めることもなく、ズンズンと進んでいく。曰《いわ》く、今の隠遁《いんとん》生活に入る前は、何度もこの都へ来ていたらしい。そう言えば師の過去をまるで知らないと、サヨナはふと思った。

そんなことを考えている矢先、シコルスキは大通りのとある店先で足を止める。何か買い物でもするのかと思いきや、店員と思《おぼ》しき女性へ会釈《えしゃく》をした。

「お久しぶりです、おばさま」

「あらぁ、誰かと思ったらシコルくんじゃないの！　相変わらず男前ねえ〜」

「せ、先生。ここが目的地なんですか？」

「そうですよ」

軒先に並べられているのは、色とりどりの織物《おりもの》である。一見すると何の変哲もない織物屋《おりものや》に、今回の依頼人が居るという。もしやこのマダムが依頼人かと思ったが、師は依頼人を『彼』と呼んでいたので、恐らくは違うのだろう。

「そちらの可愛《かわい》らしい女の子は、もしかしてシコルくんのこれ？」

マダムがうふふと笑いながら、小指をピッと立てる。

「いえいえ、違いますよ。これです」

なのでシコルスキはマダムへ中指を立てた。

「ファンキー過ぎるのでは⁉」

「そう、お弟子さんのサヨナちゃん。シコルくんも立派になったわねえ～……」

「何で伝わったんですか⁉」

「いやいや、まだまだ僕など未熟ですよ。それはそうと、アーデルモーデルくんはお元気ですか？　彼からお呼び出しを頂いたので、今回は来訪した次第なのですが」

「ええ、まあ、元気だけど……いつもごめんねえ、シコルくん」

「ははは、お気になさらず。親友ですので」

「ほんと、うちの子にシコルくんの爪の垢《あか》を煎じて飲ませたいわ～……あ、どうぞ、上がってちょうだいね。何もおもてなしは出来ないけれど」

そういうわけで、織物屋《おりものや》の二階へと二人は案内された。段々と依頼人とシコルスキの繋《つな》がりが見えてきたサヨナだったが、ひとまずは静観する――

「この先に居るんだけど、もしかしたら寝てるかもしれないわ。その時は叩《たた》き起《お》こしてもらっても大丈夫だから、お願いねえ～」

「分かりました。お任せ下さい」

マダム——アーデルモーデルと呼ばれる依頼人の母は、会釈《えしゃく》して再び店番へと戻っていく。

シコルスキとサヨナは、その依頼人の私室の扉を開けようとした。が、どうやら鍵が掛かっているようで、ドアノブが回らない。

「どうしましょう、先生？」

「うーむ……解錠の魔法を使ってもいいですが、ここは一つ蹴破りましょう」

「何で魔法の使用をここで渋るんですかね……」

「アーデルモーデルくーん!!　あーそびーまーしょー!!」

気の抜けた掛け声と共に、シコルスキが助走をつけて跳び上がる。忘れがちだが、この男は一応勇者の血も引いているので、細長い外見の割に運動能力は高い。とはいえ肉弾戦を一切やらない主義らしいので、そんな師の蹴り姿を見るのは、ある意味サヨナにとって新鮮であった。

——そしてシコルスキの渾身《こんしん》の飛び蹴りが、私室の扉をぶち破る。

「こんちゃーっす！」

「フォアアアアアアアアアアアアイクイクイクイク!!」

——ウッ（発射音）

転がりながら挨拶をキメるシコルスキと、その男が快楽の極みに達するのはほぼ同時だった。

非常に冷めた目で、サヨナはゆっくりと扉を閉める。このまま王都観光して帰ろうと思った。

「待てキサマ。どこへ行く」

が、下半身を露出したままの依頼人が、ドアに手を掛けてそれを阻《はば》む。

「あなたのような変態が居ない場所ですけど……」

「誰が変態だ！　おいジーライフ、なにゆえ小生の領域内にこんな小娘が居るのであるか」

「濡《ぬ》れそぼったお粗末さんを振り回すのは、変態以外の何者でもありませんがねぇ。心配しなくても、サヨナくんは僕の許可無く逃走が出来ませんので」

「キ、キサマ――それはアレか？　遂《つい》に自律稼働型《じりつかどうがた》ダッチワイフの作成に成功したのか⁉」

「ええ、まあ」

「人間様ですけどわたしは‼」

部屋の入り口でわちゃわちゃしても仕方がないので、男が服を着ながら二人を中に招き入れる。最早《もはや》予想通りではあるが、やはりこのアーデルモーデルとかいう男も変人のようだった。

部屋の中は薄暗く、それでいて色んなモノが散乱しているので、足の踏み場が少ない。シコルスキ邸の離れにある工房とは、同じ雑然とした感じでもどこか違うように思えた。

「――まずは、よく来たとだけ言っておく。小生の名は《アーデルモーデル・ソロウ》……まあキサマ達《たち》凡作共は、畏敬の念を込めてアーデルモーデル博士とでも呼ぶがいい。キサマ達《たち》、小生の《エアライド・スター》に持たせた手紙を読んだのだな？　ならば、小生が如何《いか》に凄《すさ》まじい能力を持っているか、嫌でも分かったであろう」

服を着た上で白衣を羽織り、椅子に座って足を組む。見た目はシコルスキと同じく細身で、やや背が低い。黒いキノコのような髪型をしており、掛けた瓶底眼鏡が怪しく輝いている。

外見上もやっぱり変人だということが分かったので、嘆息混じりにサヨナは師へ訊《たず》ねた。

「何ですか先生、この人……？」

「アーデルモーデルくんは、僕とユージンくんの幼馴染《おさななじみ》です。幼少期から三人で良く一緒に遊んでいたのですよ。あ、こちらは僕の弟子のサヨナくんです。以後お見知り置きを」

「フン。小生がキサマとライエンドと遊んでやっていた、の間違いである。にしても、弟子であるか。キサマの好みとはてんで違うこんな小娘を、よくもまあ弟子に取ったものだ。鏡で日光を当てたら反射しそうな胸板ではないか。ミラーフォースか？　ああ？」

「僕の可愛《かわい》い弟子を聖なるバリア扱いは頂けませんねえ」

「全滅させますよ攻撃表示のクズ共が」

「おお怖い怖い……。それで、アーデルモーデルくん。我々を呼んだ理由をお聞かせ願えますかね？　よもや顔が見たかった、というわけでは無いでしょう？」

「当然だ。呼んだのはジーライフ単体ではあるがな。だがその前に、小生の《エアライド・スター》を返すのである。あれは片道分の燃料しか積めんからな。キサマの家で動けんようになっていたはずだ。しからば、小生に手ずから渡すのが筋である」

片手をアーデルモーデルが突き出した。シコルスキとサヨナは互いに目を見合わせる。

「あの円盤なら故郷《くに》へ帰りましたよ」

「いや嘘《うそ》つけ!! むしろ小生の部屋がアイツの故郷《くに》だろうが!! 家に忘れてきたのか⁉」

「先生。土に還《かえ》ったって言った方が正しくないですか?」

「それもそうですねえ。ヤツは死にました」

「ファァァァァー●ク!! 死んだって何だキサマ⁉ 破壊したのか⁉ 何で⁉」

「何でと言われましても……信じて送り出した円盤からビデオレターが届くのを待てとしか」

「えげつねえNTR展開を匂わせてんじゃねえ!! クソが、もういい!!」

(悪いのはこっちだけど……わたしアレで怪我《けが》したしこれでいいや)

アーデルモーデルが折れたので、円盤の処遇については不問となった。曰《いわ》く、アレはその気になればすぐに作ることが可能、とのことである。

「だが一方で、こいつらはそう簡単に作製出来ん。まずはこれを見るのである」

そう言ってアーデルモーデルは、真っ黒い球体を取り出した。大体掌《てのひら》の上に乗るぐらいの大きさであり、やや硬質的である。光が当たるとキラリと反射するので、よく磨かれているらしい。果たしてこれが何なのか、サヨナは全く分からなかった。

「変なボール……」

「凡作め。これがボールに見えるのか?」

「金玉ですかね？」

「この凶作が！　ふざけんな！」

ドス黒いにも程があんだろが、とアーデルモーデルが旧友に吠《ほ》えた。

「まあ見ているのである。キサマら凡作は、目で見ないと理解すら及ばんからな」

「ならばじっくりと観察しましょうか、サヨナくん。金玉の実演会ですよ」

「その呼び名やめてくださいよ……。黒い玉なのに……」

「次も金玉呼ばわりしたら殴るぞキサマ……！」

玉の他に、アーデルモーデルは薄い板を一枚壁に立て掛ける。板は透明で、向こう側の壁が透けて見えた。ガラス板のような作りであるが、そうではないらしい。

次に黒い玉を握り締め、アーデルモーデルがそれを二人の方へと向けた。すると、薄い板に二人の姿がくっきりと映し出される。それこそ鏡のように。

「わあ！　な、何ですかこの美少女⁉」

「…………」

「…………」

「チッ」

「舌打ちしてんじゃねえよ。あー、阿呆《あほう》が気勢を削《そ》いで来たが、これが小生の発明した《サイケデリック・コード》と《アンリアリズム・グラフ》である！　見ての通り、《サイケデリック・コード》が捉えたものを、この《アンリアリズム・グラフ》にリアルタイムで表示する！」

「金玉に薄い板、と」

「勝手に命名すんなっつってんだろが‼」

怒りでアーデルモーデルが蹴りをシコルスキに放つが、ひらりとシコルスキは避けた。一方で、蹴った本人は勢い余ってすっ転ぶ。

どうやら二人の運動能力には、天と地ほどの差があるようだった。

「……この人、割と口調を作って話すタイプなんですね。吠《ほ》えたら地が出るようですけど」

「昔はもうちょっと可愛《かわい》かったんですけどねえ。ああ、続けて下さい」

「小生のキャラを分析するな‼　クソが、もういい！　……おい小娘、キサマちょっと小生が勃起するようなことを喋《しゃべ》るのである」

「ちょっとで要求出来るレベルのお願いじゃないですよねそれ⁉」

「風俗に来た厄介なクソ客みたいですねえ」

「厄介どころか頭おかしいですよ……。全人類がエッチなゲームの声優に見えてそう」

「——よし。もういいのである」

「へ？」

かちり、と黒い玉の一部分をアーデルモーデルが親指で押し込む。そして、ピロン！　という聞き慣れない音が部屋に響いた。続けて、アーデルモーデルは白い《サイケデリック・コード》を取り出し、そちらを指で押し込んだ。すると――

『ちょっとで要求出来るレベルのお願いじゃないですよねそれ⁉』

『風俗に来た厄介なクソ客みたいですねぇ』

『厄介どころか頭おかしいですよ……。全人類がエッチなゲームの声優に見えてそう』

――何と、《アンリアリズム・グラフ》に、今し方の師弟のやり取りが、音声と共に流れ出す。それはさながら、そっくりそのまま過去を再現しているようなものだった。

これは一体どういうことなのかと、サヨナは目を丸くして驚いた。

「驚いたか？　《サイケデリック・コード》は、このように撮影した映像を記録し、後で《アンリアリズム・グラフ》上へ再生することが可能なのである！」

「黒い金玉で撮影し、白い金玉にそれを保存……記録した映像を流すには、白い金玉を操作する、と。薄い板は撮った映像の表示板というわけですか」

「わ、分かりやすい……！」

「正式名称で呼べ‼」

「馴染《なじ》みのない造語に適応するのは疲れるのでね。恐らく読者もそう思ってますよ」

「誰の代弁者だキサマは⁉」

呼び名はともかくとして、アーデルモーデルのその妙な技術力は素直に舌を巻くものだった。

シコルスキ曰《いわ》くの親友だけあって、やはり単なる変人というわけではないらしい。

「それで——単にその金玉と板を見せたいだけではないはずです。では、君の真意とは？」

「無論だ。あえて結論から先に言う。小生はこれらを使い、《栄武威《えいぶい》》の撮影がしたいッ!!」

「……《栄武威《えいぶい》》？」

聞いたことのない単語ではあったが、同時にサヨナはこれまでの経験から、それが恐らくまともなモノを指す言葉ではないことを、薄《う》っすらと予見した。

「ふーむ……なるほど」

「だが勘違いするなよ、ジーライフ。これはあくまで小生がキサマに『手伝わせてやる』だけであり、『助力して欲しい』わけではないのである。単純に人手が足りない以上、キサマにわざわざ白羽の矢を立ててやった、というわけだ。そこのところを理解した上で手伝え」

「ええ、いいですよ。それじゃあ是非協力させて下さい」

「フン。素直なものだ。キサマ唯一の美徳であるな」

旧知の仲である二人の間で、トントン拍子で話が進んでいく。一方で置いてけぼりのサヨナは、ここで質疑を挟むかどうか迷っていた。某テロリスト会の会長が依頼して来た時、下手に質問を挟んだら痛い目に遭ったことを思い出す。いや、本来は痛い目に遭う方がおかしく、よって頭がヤバイのはあの会長だったのだが、それでもサヨナは躊躇《ためら》った。

「どうしましたサヨナくん？　そんな鳩《はと》の豆鉄砲みたいな乳首して」

「小生は薄い桃色以外は認めん」

「し、死ねという返答しか浮かばない……！」

「もしや《栄武威《えいぶい》》が何か分からないのですか？」

「ハァ？　おいジーライフ、キサマの弟子はどこまで無学だ。これは基礎教養だろうが」

「仰《おつしや》る通り知らないんですけど、基礎教養でないことだけは何か分かりますね」

弟子の無知を師が読み取り、しばしの間黙考する。別にお構いなくと言いたかったが、サヨナは取り敢《と》えず《あ》シコルスキの次の句を待った。

「こんなラノベを読んでいる読者が、まさか《栄武威《えいぶい》》を知らないはずないので、あまり説明に行数を割きたくはないのですがねえ」

「さっきから誰の代弁者なんですか先生は!?」

「つーか行数をナチュラルに時間の単位として使うんじゃないのである」

「まあ簡単に《栄武威《えいぶい》》を一言で言うのならば、それはつまり異界のロマンでしょうかね」

「異界のロマン……？」

「ええ。異界はどうも我々とは全く違う体系の文化が発達しているようで、その中の一つにアーデルモーデルくんが再現したような、一連の風景を切り取り続けるというものがあります」

サヨナがシコルスキの弟子になって、既に結構な月日が経《た》っている。その中で、異界のモノに触れる機会は数多くあった。よってサヨナの異界への知識自体は、そこら辺の一般人に比べると遙《はる》かに有している状態と言えるだろう。

しかしそれでも《栄武威《えいぶい》》という単語に聞き覚えはなく、そして異界の文化については詳しいことが分からない。どうやら、異界はアーデルモーデルの発明品のような、『映像』という分野の文化が非常に発達しているらしいが――

「要するにドスケベな映像のことを《栄武威《えいぶい》》と呼ぶそうです」

「物凄《ものすご》く簡潔にまとめましたね!? っていうかやっぱりロマンってそういうことですか……」

「女には分からんだろう、小生の崇高な目的とロマンなど」

「分かりたくもないんですけど……」

「僕ら三人は、子供の頃に必死で異界の《栄武威《えいぶい》》を観《み》ようとしていましたからねえ」

在りし日の光景を、シコルスキは目を細めて思い出している。思わず懐《ふところ》の《無効券《ニッアレス》》を放り投げそうになったが、サヨナがそれを阻止した。そんな回想は要らねえ。

「小生がこの世界の凡作共に、《栄武威《えいぶい》》の素晴らしさを広めてやる。その一端を、仕方なくキサマらには担《にな》わせてやろう、というわけである。理解したか？」

「全く理解出来ないんですが……。それに、手伝うって言っても何をすればいいのか」

「そうですねえ、取《と》り敢《あ》えず《栄武威《えいぶい》》の撮影には、最低でも監督、女優、男優、撮影係が必要になります。しかしこの場に居るのは三名なので――」

「監督は小生以外有り得ん。よって、撮影係と男優はジーライフに兼務させる」

「何だか演劇みたいです。それで、女優って……」

「斬撃回避能力に特化した胸を持つサヨナくんが、幸いにも居ますねえ」

「ハア……。その辺の雑草でも撮影した方がまだ映えそうな存在だが、仕方あるまい」

「おい頭下げてオファーしろ」

無礼な男二人の態度にサヨナがキレる。人手が必要である、と言っていたアーデルモーデルの発言の意味を、ようやくサヨナは理解した。確かにこれは一人ではどうしようもない。

が、まだサヨナは《栄武威《えいぶい》》について、正しい理解が及んでいなかった。

「取《と》り敢《あ》えずやるだけやってみましょうか。ではサヨナくん、服を脱いで下さい」

「…………は？」

「呆《ぼ》けた顔をして間抜け面を晒《さら》すんじゃないのである。監督命令だ、脱げ」

「な……何で脱ぐ必要が？」

「いきなり着エロは難易度が高いのでね」

「脱ごうが脱がまいが変わんねえ体型してんだから、とっとと脱げ。そして豆鉄砲を見せろ」

「変わるわ!!　脱いで蜂の巣にしてやろうか!?」

ギャーギャーうるさいサヨナに、シコルスキは再び《栄武威《えいぶい》》について詳細な説明をする。

即《すなわ》ち――これは男女結合の物語を一部始終撮影するものである、と。

「ぜっっっったいに嫌なんですけど!!　何でわたしが先生とレッツコンバインしなくちゃなら

ないんですか⁉」

「比喩のセンスがおかしいぞコイツ」

「安心して下さい、サヨナくん」

「何がですか‼」

「僕も嫌なので」

「殺しますよ⁉」

「プライド守りてぇのかそうでないのかハッキリさせろやキサマ！」

女優が難色を示しているので、一向に撮影が進まない──監督として、アーデルモーデルは嘆息した。

苛立《いらだ》ち混《ま》じりに、アーデルモーデルがサヨナへ短く怒る。

「次文句言ったらアクメ自転車な」

「アク……何ですかそれ⁉」

「異界に存在するという、快適と快楽を同時に得られる移動手段の一つです」

「いわゆる先割れスプーン的な発想……⁉」

「そんな『便利そうなの二つ組み合わせ精神』の産物じゃねぇよ‼」

「人生における使う機会の無さで言うならば、アクメ自転車は先割れスプーンといい勝負かもしれませんがねぇ」

「は？　先割れスプーンの方が人生で千倍使いますけど？」

「んな使うわけねえだろ!!　どんだけ愛用してんだキサマ!?」

「サヨナくんの計算式でいくと、アクメ自転車に一回乗った人は先割れスプーンを千回使っていることに」

「つーかさっきから思考回路がズレてて何か怖いわこの女……！」

「ともかく、脱ぐのは絶対に嫌ですし、そもそもそれを記録されるのはもっと嫌です！」

「困りましたねえ。こうなってはもう、強引にビルドアップするしか……」

「それは小生が許さん。小生のデビュー作は双方合意の上でパイルダーオンする、言うなればオーソドックスなプレイが理想なのである。ジャンル変更は認めんぞ」

「一作目は青春学園ライトミステリでしたからね」

「誰の話してるんですか」

一度アーデルモーデルは舌打ちすると、サヨナを自室のベッドの上に座らせた。そして、シコルスキに黒い玉を構えさせ、自身は椅子にどっかりと腰を下ろす。

「考え方を変えるのである。どうせその小娘は特定のニッチな層にしか受けん。今回の撮影はあくまで《サイケデリック・コード》と《アンリアリズム・グラフ》の試運転及び、《栄武威《えいぶい》》の撮影における雛形《ひながた》とする、いわゆるパイロット版として行う。冒頭の部分だけで構わんから進めろ、ジーライフ」

「分かりました。では今から僕の質問に答えて下さい、先割れアクメくん」

「本気でぶん殴りますよ先生」

数多くの不名誉なアダ名を持つサヨナだが、流石《さすが》にヒロインとしてブチ切れだった。

どうどうどう、と暴れ馬を落ち着かす要領でシコルスキが宥《なだ》め、そして撮影に入る。

――じゃあまずは名前を教えてくれるかな
「え？　もう始まってるんですか？　えーっと、サヨナ……です」

――胸小さいね（笑）　年齢は？

「1＊《ピー》ですけど」

――1＊《ピー》歳？　その胸で？

「ちょっとカメラ止めてください」

「カメラじゃなくて《サイケデリック・コード》である。間違えるな凡作」

「どうしました？」

「どうもこうも、あの異音は何ですか⁉」

何やら甲高い音が、年齢を言う度に響いたので、サヨナは撮影を止める。黒い玉を構えていたシコルスキは、空いた手で《無効券《ニップレス》》を見せた。

「この《無効券《ニップレス》》ですが、実は握り締めると高音を発するオマケ機能があるのですよ」

「無意味な機能にも程がありませんかね……」

「いや、しかしジーライフの機転は小生も認めてやる。いわゆる妄想の余地を持たせた、というわけであるな。あのピー音により、小娘の年齢の下一桁に0~9までの幅が出来た」

「わたしを見て0とか1を代入する人います⁉」

「あえて伏せる、という部分に妙があるのですよ。では続きをやりましょう」

「っていうかそもそも、何でこんな質疑応答みたいなことやってるんですか……？」

「無知を晒《さら》すな、小娘。《栄武威《えいぶい》》の醍醐味《だいごみ》と言えば、ズバリ冒頭のインタビューである」

知るかそんなん、と思うサヨナだった。が、弟子がどう思おうと、師は勝手に撮影を始めてしまっている。再び、シコルスキがなりきった感じで、女優サヨナへと質問を投げる。

——経験人数は？

「まだ人を殺したことはありません」

——そうなんだ（笑）

「おい待てやクソ共」

撮影を遮って、監督がしゃしゃり出た。

「何の話してんだキサマら」

「経験人数の話ですけど……？」

「どこの世界に経験人数聞かれて殺人と結び付けるサイコパスがいるのであるか⁉」

「いや経験人数って、普通殺《や》った人数だと考えません？」

「考えるわけねえだろうが！　何考えて生きてんだ⁉」

「ヤった人数ですよ、サヨナくん」

　若干イントネーションを変えて、シコルスキがサヨナへと伝えると、顔を赤くしてサヨナは小さく呟《つぶや》いた。

「え⁉　……えーっと、0……から、1の間ぐらい、ですかね」

「見栄《みえ》と言う名の幅を持たせてんじゃねえのである」

「そもそも今言っても撮ってないのですがねえ」

　呟《つぶや》くようにシコルスキは言い、黒い玉を床へと置いた。

「何より――サヨナくん相手だと僕のやる気が出ません。男優役は降りてもいいですかね？」

「やむを得ない理由であるが……キサマが撮影役に専念すると、男優が不在になる。その場合、《栄武威《えいぶい》》ではなくこの小娘のクッソしょうもない色香ゼロの《相武威《あいぶい》》になるだろう。パイロット版とは言え、それは小生の目指すところではない」

「その女優たるわたしのプライドは何故《なぜ》度外視されるのか」

「大丈夫ですよ。最初から僕は、この欠けたピースを埋めるつもりでしたから」

「何か手があるのであるか、ジーライフ」

「はい。男優が不在ならば――男優を呼べばいいのです」

（この後の展開が予想出来る……）

シコルスキがパチンと指を鳴らすと、アーデルモーデルの部屋の宙空に、光り輝くリングが生成される。リングは一度明滅すると、ポンっと言う音と共に、何かを排出した。

そして現れたのは――全裸のユージンだった。

「………」

「やっぱり!!」

「おいおいもう準備万端であるかこの男優の鑑《かがみ》！」

「一流の汁男優となると、服を着ることすら稀《まれ》になるというわけですねえ！」

「………」

キョロキョロとユージンは周囲を見渡し、サヨナと旧友二人の姿を認める。そしてコキっと首を鳴らし、ゆっくりシコルスキに近付く。そのまま思いっ切り全力でシコルスキの顔面に拳を叩《たた》き込《こ》み陥没させ、続いて返す拳でアーデルモーデルの顔面と眼鏡を粉砕した。この間僅か一秒に満たず、そして一切の言葉を発さずに、いともたやすくえげつなく行われた。

「おい」

「は、はいっ!!」

「取《と》り敢《あ》えず服出せ」

「今すぐ出します!!」

まるで感情が含まれていない声だったので、心底怯《おび》えながらサヨナは従う。シコルスキのように人間の転送は不可能だが、無機物の転送ぐらいならばサヨナでも行使可能である。それをユージンが知っていたかどうかは定《さだ》かではないが、マジで魔法覚えて良かったと、サヨナはとんでもなく安堵《あんど》した。そこら辺の魔物よりも、この男優は危険である。

サヨナが転送した自分の服を着ながら、ユージンはサヨナへと問う。

「何やってんだお前ら？」

「いや、あの……」

「っつーかここどこかと思ったら、アデルの部屋じゃねえか。君は確かアデルと面識無いと思ってたんだが、違ったんだな」

「今回の依頼人が、アーデルモーデルさんだったんですけど……」

「へえ。おい起きろゴミ共」

「前が」

「見えねェ」

「殺さなかっただけ有情だと思え」

「毎回思うんですけど、行商人が言うようなセリフじゃないですよ……」

どうやら今日は風呂《ふろ》に入る前だったらしく、従ってユージンは全裸だったようだ。別に狙って全裸のユージンを喚《よ》んでいるわけではなく、あくまで偶然である。潰れたパンみたいな顔になったシコルスキがそう弁明したが、そもそも喚《よ》ぶなと、再度拳をブチ込まれていた。

「そ、そう怒るな、ライエンドよ。小生は別にキサマを喚《よ》ぶつもりは毛頭無かった。あくまで喚《よ》んだのはジーライフの独断であり、つまり先程の無礼については不問にしてやるのである」

「何で最終的に上からになんだよ。まあ、別に今日は暇だったから、もう怒ってねえよ。で、さっきサヨ嬢にも聞いたが、お前ら雁首揃《がんくびそろ》えてどんなバカやってんの？」

「フン。聞いて驚け、凡作！　小生は何と――」

「さっさと言えや」

「――エロビ撮影してんすよ」

（本当に仲良し三人組だったのかな、この人達《ひとたち》……）

怒ったユージンはシコルスキでも手が付けられないと言っていたが、それはやはり真実のようである。そもそもヒョロガリでしかないアーデルモーデルは、どれだけ尊大な口を叩《たた》こうと、旅慣れて筋骨のたくましいユージンには力で一切敵《かな》わない。まさにパワーバランスが崩壊していると、サヨナは三人を眺めながら思った。

ユージンはシコルスキ達《たち》から今回集まっている理由などを聞き終えると、ふーんと唸《うな》る。

「バカだろお前ら。こんなカメラとテレビで遊びやがって」

「直球ですね……」

「その単語を使うんじゃないのである」

「そうは言いますが、ユージンくん。君も昔は、我々と情熱的に《栄武威《えいぶい》》を追い求めたではありませんか。まあ性癖の対立で、君は常に冷めていた覚えがありますが」

「ライエンドの好みは年端《としは》のいかん幼女だったか。異界でもその手の《栄武威《えいぶい》》は滅多に存在しない、と言うかあったらヤバイという話であるな」

「お前ら二人が猿みてえに暴走するから、俺がお目付け役として止めてやってたんだよ‼」

「大丈夫ですよユージンさん。もうみんな知ってますから」

「お前らに俺の何が分かんの⁉」

「そろそろユージンくんは配置に着いて下さい。撮影を再開しましょうか」

シコルスキがそう言った瞬間、アーデルモーデルの部屋の扉がガチャリと開いた。

「あーくん、クッキー持って来たわよ～」

「てめえババア部屋入りてえ時はノックしろっつってんだろがッ‼」

「もう、そんな怖いこと言っちゃダメよ。あら？　ユーくんも来てたのねえ～」

「あ、おばさんご無沙汰してます」

「みんな、あーくんと仲良くしてあげてね？」

「つるせえぞババア‼　ブッ＊《ピー》されてえか‼」

「何の音かしら？」

「何の音だ……？」

「何の音でしょうねえ」

「ファインプレー……」

　血相を変えて、アーデルモーデルは母親に対して口角泡を飛ばしている。一方で母の方は慣れたものなのか、うふふと笑いながらクッキーとお茶を置いて、部屋の扉を閉める。しばしの間、妙な沈黙が流れたが、ごほんとアーデルモーデルが咳払《せきばら》いした。

「邪魔が入ったが、続けるのである」

「ちょ、この空気でやります普通？　ダメですよ、お母様にあんな態度取っちゃ」

「あんなに美人なマダムじゃないですか。巨乳ですし」

「おいヒトんちのババアに色目使うんじゃねぇ」

「僕のことはラノベ界のペタジーニと呼んで下さい」

「ストライクゾーンが上に広過ぎんだろ！　あー、まあ俺があんま言うのもどうかと思うけど。アデル、お前いい加減働いたらどうだ？」

　ユージンが諭すように言うと、アーデルモーデルは自分の鼻の穴に指を突っ込んだ。耳を使わずに、自分は聞く耳を持っていない、という意思表示が可能なポーズであった。

　あまりアーデルモーデルについて詳しくないサヨナが、耳打ちするように師へと訊《き》く。

「もしかして、アーデルモーデルさんって……」

「ええ。彼は異界の言語で言うニートです」

「にーと……」

「働かないし家からも出ない。やってることと言えば、部屋に籠ってワケの分からん発明ばかり——昔はまだ良かったけど、もうそういうの言ってられねえ歳《とし》だろ、お前も。いつまでも親のスネを齧《かじ》ってられると思ったら、いつか痛い目に遭うぞ」

「甘いな、ライエンドよ。目の前にスネがあれば消滅するまで齧《かじ》る。それが小生の生き方だ」

「シロアリかてめぇは！」

「今まで会った人達《ひとたち》と違って、何というかカスですねこの人」

「異世界に居れば自立心が養われる……と思ったら大間違いだぞ、という感じのキャラです」

曲がりなりにも働いているシコルスキと、その弟子として手伝いをしているサヨナ、普通に行商人のユージン。三人と違い、アーデルモーデルは今まで定職に就いたことが一度も無い。

才能自体は幼馴染《おさななじみ》たるシコルスキとユージンも認めるものがあるのだが、それを全く前向きに活《い》かそうとしないのが、このアーデルモーデルというニートの生き方であった。

「《栄武威《えいぶい》》撮ること自体は別にいいと思うし、正直そういう道具の発明は俺やコルじゃ無理だろうから、なんつーかこれを機に自立しようとか思わねえのか？」

「小生が思う会心の出来の《栄武威《えいぶい》》が撮れたら、考えなくもないのである」

「つまり、ユージンくんが完璧にKADOKAWA役の男優として振る舞えば——」

「先生はガチでその隠語を世間に定着させようと目論んでるんですか⁉」

「俺次第かよ……。ったく……お前らは昔からいつもいつも——」

そう言いつつ、ユージンはせっかく着た服を、取《と》り敢《あ》えず上だけ脱ぎ捨てる。

「——俺のことは今からゴールドフィンガーの鷹《ホーク》と呼べ」

「何でノリノリなんですか」

「ヒューッ！　待ってました！　ヨッ！　笑って吹いた数より女を噴かせた方が多い男！」

「いいぞ！　あんよりアソコの方が先に勃《た》ったという逸話を持つ性の化け物！」

「ナメた態度を取った女を徹底的に舐《な》めた前戯王！」

「生き方を見失った連中にイキ方を教え込んだ性職者！」

「人型オーク！」

「エルフの里から即出禁！」

「空気妊娠！」

「金玉の擬人化！」

「殺すぞお前ら」

（あっ……やっぱ仲良《い》いぞこの人達《ひとたち》）

三人がきゃいきゃい騒ぐのを見て、若干の疎外感をサヨナは感じた。ユージンは怒ると凶暴だが、基本的には親友思いの男らしい。アーデルモーデルがまともな道に進むのであれば、《栄武威《えいぶい》》の撮影も不本意ではないようだった。

「小生にも天啓が降りて来たぞ！　小娘に足りないもの、それ即《すなわ》ち二つ名ッ！」

「僕は色気とおっぱいだと思いますけどね」

「答えを言うなよ」

ユージンがやる気になったことにより、監督たるアーデルモーデルも何かしらのインスピレーションが湧いたようである。取《と》り敢《あ》えずサヨナにケチをつけ始めた。

「まあ商人的な観点から言うと、確かに商品にいい感じのキャッチコピーを付けるのは大事だと思うぞ。サヨ嬢でスマッシュヒットを狙うのなら特にな」

「流石《さすが》はユージンくん。路傍の石ころを高値で売り付けてこその商人ですからねえ」

「暗にわたしが路傍の石ころみたいな言い方をしないで頂けますかね」

「じゃあこの小娘に、何かいい感じの二つ名を付けるのである。ジーライフから行け」

「ふむ……こういうのは何かしらのお題があった方がやりやすいのですがね」

「わたしで大喜利しようとしてませんか？」

「異界の何かでいいだろ」

分かりました、とシコルスキは少しだけ思案する。

そうして導き出した、弟子の二つ名とは——

「フラットゾーンでどうでしょう？」

「ゲムヲ!?」

「どういう理屈でスマブラのステージ名が今この場で飛び出すんだよ！」

「君がスマッシュヒットって言うからですよ」

「その単語に引っ張られすぎだろうが！」

「いや、しかし悪くない。確かに小娘の胸部はフラットゾーンであるな」

「吹っ飛ばすぞ!!　せめてもうちょい売れそうな文句を考えてくださいよ!!」

抗議するフラットゾーンを無視して、アーデルモーデルが顎でユージンをしゃくる。次はお前の番だ、とでも言いたいらしい。反射的にユージンは答えた。

「終点」

「ただの悪口にしか聞こえませんけど!?」

「我々は全てのスマブラ族なのでね」

「何より小娘の胸部には一切のギミックが無いのである。言い得て妙であろう」

「いやあるわ！　豆鉄砲のギミックあるわ!!」

「そのギミック俺らにもあるけど？」

「こういう感じの二つ名でどうです？　アーデルモーデルくん」

「ううむ――いやしかし、どうも小生は0には何を掛けても0であることを失念していた」

「地獄までメテオで叩《たた》き落《お》としますよあなた!!」

結論として、サヨナは多少名前を着飾ったところで、もうどうしようもないのであった。

腕組みをして、アーデルモーデルは唸《うな》る。何かこう、もっとすげえのは無いだろうか、と。

とんでもないモノを撮れはしないだろうか、と。

「いっそのこと、配役を一つずつズラしてみるのはどうですかね？」

「いきなり何だ、ジーライフ」

「僕が監督で、サヨナくんが撮影係、ユージンくんは女優でアーデルモーデルくんは男優。一回このポジションで試してみてはどうか、と言いたいのですよ」

「完全にジャンルが180度変わるじゃねえか‼」

「その配役だと《栄武威《えいぶい》》じゃなくて《尾威得流《びいえる》》になるだろうがクソ凡作が！」

「どの層に向けるつもりなんですかこのラノベを……」

「特定の女性層です」

腐り気味の――と、シコルスキが付け加えた。

「その層はほぼ電撃文庫読まねーよ‼　多分ジャンプ的なの読んでんだよ‼」

「ラノベ読んでんのは陰《イン》の者だけって事実を知らねえのかキサマは‼」

「わたしという存在が多分その層に対する否定になってますからね⁉」

危険な思想を持ち出すシコルスキを、残る三人が全力で止めた。ジャンプで生き残る為《ため》の裏ワザのようなものを、よもやライトノベルで実践してはならない。

しかし咎《とが》められたシコルスキは、珍しく感情を露《あら》わにして声を大にした。

「売れる為《ため》なら悪魔に魂を売る覚悟が君達《きみたち》には無いのですか⁉　最初に提出したプロットだと、

僕とサヨナくんが毎回女ゲストキャラのエッチな依頼を解決するエロギャグだったのに!! 初稿《ゲラ》を開けると男ばかり出て来る品性下劣なギャグ小説になってしまった以上!! こうなったらもう残された道は、我々男三人がエクスカリバーを飲み込み合うBでLな展開しか無いでしょう!?」

「魂売る前に各方面へ喧嘩《けんか》売ってることに気付いてますか先生!?」

「大体そんな食品サンプルみてえなLに飛び付く層とか居るわけねえだろうが!!」

「今からでもかれい先生に頼んで、我々の顎を数センチ程伸ばせないか交渉をすべきです」

「なぜ顎を!?」

「登場人物総シャクレのラノベとか誰が読むんだよ……」

「ジーライフ、小生が悪かった。頼むから落ち着くのである」

「アーデルモーデルさんから謝罪を引き出しましたよこの人……我が師ながら恐ろしい」

あんまりにもあんまりな意見だったので、監督としてアーデルモーデルが頭を下げた。狂人のフリをした常人がアーデルモーデルであり、そして常人のフリをした狂人がシュコルスキとユージンなのではないか。そんな分析を、弟子としてサヨナが行う。

「とはいえ、サヨ嬢相手じゃ撮れるモンも撮れねえな」

「小生ら三人というイケメン軍団に囲まれておきながら、何とも不甲斐《ふがい》ない小娘である」

「状況的には乙女ゲーの主人公なのですがねえ」

「こんな地獄包囲網みたいな乙女ゲー主人公は願い下げですけど⁉」

そもそもしれっと自分達《じぶんたち》をイケメン扱いするなと、サヨナは声を大にした。

幾らパイロット版の撮影といえども、サヨナでは……。フラットゾーンに限界を感じたシコルスキが、次なる一手を閃《ひらめ》く。

「アーデルモーデルくんのお母様を呼びましょう」

「いやブッ殺すぞキサマ‼　ダチの親でエロビ撮るとかエロ漫画でも滅多にねぇわ‼」

「それこそジャンルが変わってしまうのでは……。更なるニッチな方向へ……」

「つーかお前何で割とマジでペタジーニしてんだよ」

「サヨナくんに比べると……ねぇ？」

「言うに事欠いてわたしのせいにしないでくれます⁉」

「取《と》り敢《あ》えず呼びますよ」

「やめろーッ‼　ライエンド、この夜の本塁打王を今すぐ殺せッ‼」

「自発的に殺《や》るのはいいけど、お前に言われて殺《や》るのは何か嫌だわ」

善は急げとばかりに部屋を出ようとするシコルスキだったが、それよりも先に扉が開いた。

現れたのは、またもや差し入れを持っている渦中《かちゅう》の母であった。

「あーくん？　クッキーのおかわり持って来たわよ～」

「それ置いてあっち行けやクソババアァーッ‼」

「もう、お母さんに向かってそんな口の利《き》き方《かた》はダメでしょ？　この前パパに叱ってもらった時、もうしないって約束したじゃない。約束は守らなくちゃ、めっ！　だからね？」

「現在進行形で小生が守ってんだよてめーのセカンドバージンをーッ‼」

「おばさま。お話がありまして」

「おいコル、お前ガチで――」

「そう。えいぶい？　の撮影を、あーくんが……」

「この人の察しの良さは一体なんなんですか⁉　行間読む天才なんですか⁉」

「魔女だな……」

どういうわけか全てを察するアーデルモーデル母。冷静に考えると、実母に性的な部分を見られるというのは、結構な恥である。が、その辺りは意外とタフなのか、アーデルモーデル自身はむしろ母の二次的貞操のみを心配していた。

ラノベ界のロベルト・ペタジーニと化したシコルスキが、手八丁口八丁で親友の母へと迫る――前に、その母は何やら眉をひそめて、実子たるアーデルモーデルを見つめていた。

「お母さん、そのえいぶいってのはよく分からないんだけど～……あーくん、今まで女の子とお付き合いしたことなんてないでしょう？」

「バッ……ババアッ……！」

「そんなあーくんが、女の子を主役とするものなんて、とてもじゃないけどお母さん作れないと思うなぁ～」

「バッバァア‼」

アーデルモーデルが口から血を吐いた。いつの時代も、嫌な真実を真正面からぶっ刺してくるのは親である。否、親だからこそ、だろうか──

「シコルくんとユーくんもそう思わない？　そもそも、二人は女の子とお付き合いしたことってあるのかしらぁ～？」

「まあ、そりゃあ……ありますね。もう結構な歳《とし》ですし、俺らも」

「今度是非僕とお茶でもしませんか？」

「しれっと人妻をナンパしないでください」

「バッババババァアアアアーッ‼」

「うるせえな！　言葉が見当たんねえなら黙っとけ！」

「そう……二人は男前だものねえ～。あーくん、女の子の手を握ったこともないのよ？」

「黙れーッ‼　女の手握るぐらいなら先に股間握らせるタイプなんだよ小生はーッ‼」

「いきなり本丸狙ってんじゃねえよ。前田慶次《まえだけいじ》気取りか」

「要求だけは一人前ですよね……」

うずくまって喚《わめ》くアーデルモーデル。いつの間にやら、暴力を伴わないリンチが行われていた。悪意を持って攻撃している者は誰も居ないのだが。

母はそんな息子の姿を見ると、ため息を一つついた。そして、ゆっくりとサヨナの両手を握って、ニッコリと笑う。

「サヨナちゃん？」

「あっはい。嫌です」

「まだ何も言ってませんけどねぇ」

「魔女に対して行間の先読みで対抗するな」

「うちの子とか……どうかしら～？」

「この度は本作の正ヒロインたるわたしの相手役へとご応募頂き、誠にありがとうございました。厳正な選考を重ねた結果、残念ながら貴意に添いかねる結果となりました。アーデルモーデル様のお母様のご志望にお応えすることが出来ず、大変残念ではありますが、何卒《なにとぞ》ご容赦下さい。末筆ながら、ご応募頂いたことに改めてお礼申し上げると共に、アーデルモーデル様の今後益々《ますます》のご活躍をお祈り申し上げます」

呪詛《じゅそ》の如《ごと》くサヨナが何かを読み上げるようにして、キッパリと拒否の姿勢を示した。

「返答がご丁寧過ぎんだろお前!!　狂ったかと思ったわ!!」

「ご丁寧過ぎて、むしろ機械的とすら思ったわぁ～」

「因《ちな》みにこれはKADOKAWAのお祈りメールです。僕が前に彼女へ教えました」

「嘘《うそ》かホントか分かんねえこと言うなよお前も!!」

「でも残念ねぇ～……。サヨナちゃんは、他の二人の方が良《い》いってことかしら？」

「すいません、そもそもこれジョーカー三枚だけでババ抜きしてるような状態なんです」

「おいコル。弟子の教育にスパルタが一切足りてねえぞ」

「胸の小ささと態度の大きさが反比例してますからねえ……最近のサヨナくんは」

どこかチョロそうなサヨナにすげなく断られ、アーデルモーデル母は肩を落とした。

監督だ何だ言っているが、アーデルモーデル自身は引き籠もりニートの童貞である。それを負い目と呼ぶのならば、普段の尊大な物言いはプライドを守る為《ため》の方便なのかもしれない。

……と、シコルスキがわざわざ口に出して、地の文のように語らった。

「キサマーッ!! 小生の傷に貫手《ぬきて》を抉《えぐ》り込《こ》むような真似《まね》をするなーッ!!」

「塩塗るより酷《ひで》えことされた感覚を持つな」

「軽いジョークなのですがねえ」

「あーくん？　お母さん考えたの。あーくんに今大切なのは、女の子と仲良く出来るように、ちゃんと日中にお外へ出ること。それが無理で、でもそれでもえいぶいを撮影したいのなら
――お母さんを撮りなさいっ！」

「おっとグズグズしていられませんよサヨナくん！　今すぐ黒い金玉を構えて下さい！」

「行動力に爆発力を持たせないでください」

「性の導火線が短いんだよてめーは」

一方的に盛り上がるシコルスキをよそに、アーデルモーデルは究極の二択を迫られている。自分で始めたモノであるはずなのに、いつの間にやら主導権を握っているのは母であり、そして友人達《たち》は一切助けてくれない。どころか、その内の一人は母が余裕で夜の射程圏内にあることを隠そうともしなかった。

「くっ……！　ぬうう……ッ！」

「さあ、選ぶのよあーくん！　お母さんを撮るか！　お外に出るか！」

「……普通は後者ですよね？」

「普通じゃねえからアデルは」

何かに追い詰められた時、生き物は往々にして二つの行動を取る。一つ、残る力を振り絞り、目の前の困難に対し立ち向かう。一つ、全ての知識を総動員し、目の前の困難を打ち払う。窮鼠《きゅうそ》が猫を嚙《か》むのは、生き残る為《ため》だ。しかし、猫を殺して生き残るのか、猫を怯《ひる》ませて逃走し生き残るのか、それは窮鼠《きゅうそ》のみぞ知る。

果たして、今回の引き籠もり童貞窮鼠《ニート》が選んだ行動は——

「——もうぼくちん寝ましゅ！」

「………………は？」

「寝るったら寝るでしゅ！　おやしゅみ！」

アーデルモーデルは有無を言わさず、ベッドに潜り込んで布団《ふとん》を被《かぶ》ってしまった。

――そう、現実逃避ッ！　これこそが第三の選択肢！　全てに目を背けるという先送り！　だからこそのニート！　存在しない決断力！　腐り切った行動力！　思考放棄！　即《すなわ》ちッ！

「カ、カス……っ！」

「……。も一っ、あ一くんったら～。また明日、お返事聞かせてちょうだいね？」

――親が悪い!!

「今回は以上です」

「何ですかこのオチ!?」

《第六話　終》

最終話◎師匠と弟子

Great Quest
For
The Brave-Genius
Sikorski Zeelife

「――ここへ呼ばれた理由が分かるか？　シコルスキ・ジーライフ」

「うーむ、微妙なところですねえ――《ゼックス》様」

周囲を近衛《このえ》兵《へい》に取り囲まれ、シコルスキとサヨナは膝をついている。

眼前に居るのは、謹厳《きんげん》な面持ちで玉座にもたれかかる、壮年の男。ゼックスとシコルスキが呼んだその男こそ、レオステップ王国の頂点に立つ、《ゼックス・レオステップ》に他ならない。


　事の起こりは至極単純だった。這々《ほうほう》の体でシコルスキ邸に現れた王都よりの使者が、書簡を以《も》ってしてシコルスキを王の前へと招聘《しょうへい》したのである。使者はその後丁重に魔法でシコルスキが送り返したが、本来あの家へ辿《たど》り着《つ》くのは、相当な実力者で無ければ難しい。それを久々にサヨナは思い出したのであった。

　それはともかく、サヨナはひたすらに顔を伏せていた。喚《よ》ばれたのは師のみであり、弟子である自分は関係がない。従って外で待っているべきだったのだが、いつものようにシコルスキに連れられてここまで来てしまった。

　そんな極度の緊張状態にあるサヨナとは対照的に、シコルスキは平素通りの面持ちで、王の質疑に対し飄々《ひょうひょう》と答えている。

「何か僕へご依頼があるのであれば、使者を寄越すだけでも充分だとは思うのですが」

「迂遠《うえん》な言い回しを、我は好かん。加えて、礼を失することもだ。貴公をここへ呼び付けたのは、他でもない――我の下へ来い、賢勇者。それこそが、我手ずからの依頼だ」

（先生が……）

「それは、どういうことですかね？」

　まるで分からない、といったように、シコルスキが首を傾《かし》げる。それをゼックス王は鼻で笑い、片手をシコルスキへと差し伸べた。

「貴公の持つその力。野放しにするには余りにも惜しい。剣は騎士が佩《は》くべきもの、杖《つえ》は魔術師が掲げるもの――であるならば、賢勇者とは即《すなわ》ち、王に仕えるものであろう？」

「僕のことを買い被《かぶ》り過《す》ぎでは？　所詮、僕など半端者《はんぱもの》です。祖父には知で及ばず、武では父に敵《かな》いません。賢勇者などと言う呼び名も、本来ならば分不相応ですよ。僕という半端者《はんぱもの》を表す言葉として使うのであれば、実に適したものだとは思いますがね」

「あくまで道化を演じるか、賢勇者」

「そう思われたのであれば、それこそが僕の価値です。道化をわざわざ召し抱える王など、道楽以外の何物でもないでしょう。武勇で名を馳《は》せる貴方《あなた》にはそぐわない」

一国の――それも大国の王自らが呼び付け、自身を召し抱えたいという依頼。

これが一介の戦士や魔術師ならば、歓喜の涙を流して飲むべき依頼だろう。己の経歴に於《お》いて、それは何よりの誉れとなり、更には将来の栄光が約束されるようなものだ。加えて、これを断るということは、王の顔に泥を塗り付けるに等しい。即刻その場で首を刎《は》ねられたとしても、一切の文句は言えないだろう。

だからこそ、王の誘いに対してまるで動じぬ師を、サヨナは顔を伏せたまま冷や汗混じりに見守る。立身出世をシコルスキが考えるのであれば、これは一も二もなく乗るべき案件だ。だが、生憎《あいにく》とシコルスキはそのようなものにまるで興味が無い、浮雲のような男なのであった。

「よって、結論から申し上げますと――」

「聞かぬ」

「――むう」

「我はこれまで、己の欲《ほっ》するものを全て手中に収めて来た。これは強欲か、賢勇者？」

「どちらかと言うと、傲慢じゃないですかねえ？」

（こ、怖いもの知らず……）

「そうだ。そのどちらもだ。強欲にして傲慢、およそ人道に於《お》いて振るい続けるべきではないそれらを、我は振るい続けてきた。それは何故《なぜ》か――ああ、『王』であるからに他ならぬ」

「僕も欲しいエロ漫画は何としても手中に収めて来ました。その気持ちは分かりますよ」

「同列に語っちゃダメですよそんなの！　……あっ」

つい、いつもの癖でツッコミを入れてしまうサヨナ。玉座の間に、サヨナのツッコミが残響の如《ごと》く響き渡った。青褪《あおざ》めながら、サヨナは再び面を下げる。

「最初から気にはなっていた。……女を娶《めと》ったのか、賢勇者」

「冗談は彼女の体型だけにして頂けますかね？　僕の弟子ですよ」

（本気の体型だっつーの!!）

「………………ほう――――そうか。孤高を貫くと思いきや、存外そうでもないらしい」

「ええ、まあ。広く門下を募るつもりはありませんけどね」

話は並行線の様相を呈していた。暫《しば》しの間、ゼックス王は黙考し――――やがて口を開く。

「猶予をくれてやる。明日の夕刻に、再び我の前で貴公の答えを聞かせよ」

「こう見えて案外多忙な身でして。場合によっては来ないかもしれませんよ？」

「その時はその時だ。礼を失する輩《やから》を、我は好かん。そして我は、好かん相手のことごとくをこの手で矯正してきた。……よもや、貴公はそこまでの愚人でもあるまい？」

来なかった場合、どうなるか分かっているだろうな――――そんなことを暗に言う王に対し、シコルスキは肩を竦《すく》めて見せた。王は、暗い表情で笑う。

「色好《いろよ》い返事を期待しているぞ。賢勇者シコルスキ・ジーライフ――――」

＊

「マジで？　大出世じゃん」

王都の大通りにあるカフェテラスで、冷たい紅茶を飲みながらユージンが目を丸くした。その隣には、暗殺者に命でも狙われているのかというくらいの震えを見せる、引き籠もり童貞ニートのアーデルモーデルが居る。

シコルスキとサヨナは、先程までの顚末《てんまつ》を二人に聞かせていた。

「まあ、出世と言えば出世ですけどねえ」

「ツヒヒヒィイ、これ小生注目浴びてない？　めっちゃ浴びてない？　やばくない？」

「やベーのはお前の態度だから安心しろ。誰も見てねえよ」

「お待たせしました。ケーキセットのケーキです」

「アッヒョアアア!!」

「静かにしろ！　あー、いや、すいませんね。ちょっと連れがアレなもので。にしても君、可《か》愛《わい》いなあ。俺マジでびっくりしちゃったよ。この店に入ったばかりかい？」

白い歯を見せながら、ケーキを持って来た若い店員をユージンが口説いている。何とも歯が浮きそうな、安いセリフを並べるものだ。が、セリフは安くとも褒められて嫌な気持ちになる者は少ない。まだ店に入ったばかりの若い店員は、顔を赤らめながら首をぶんぶんと振った。

「いえ、そんな「アッピャアアア‼　喋《しゃべ》ったアアアア⁉」……」

「ごめんね、コイツ殺しとくから」

「こ、殺す⁉　え、えと、ごゆっくりどうぞっ！」

すたたたた……と、店員が駆け足で去ってしまった。ユージンは安っぽい笑顔を貼り付けたまま、アーデルモーデルの首根っこを引《ひ》っ摑《つか》んで絞め上げた。

「て・め・え・は！　誰の為《ため》にナンパ術を見せてやってんだと思ってんだ、ああ⁉」

「だ、だってあの女がいきなり何か喋《しゃべ》るから……まさかと思って……」

「お前の視界では常にカカシが蠢《うごめ》いてんのか⁉」

「一応訊《き》いておきましょうか。随分と面白そうなことをしているようですねえ？」

自分達《じぶんたち》の話の前に、先にそっちの話を済ます方が良《い》いと、シコルスキは判断したらしい。ケーキを切り分けてアーデルモーデルの口に突っ込みながら、ユージンはぼやくように答えた。

「このクソニートの社会復帰……の、手伝いだよ。前の一件以来、やっぱコイツのこと放っておけなくてさ。王都に戻る度に、こうして連れ回してんだわ」

「ふむ。つまり僕に内緒で二人イチャイチャしていた、と。許せん（激怒）」

「露骨にウソっぽい怒り方するんじゃねえ！　往年のネット掲示板か！」

「ら、らら、ライエンド！」

「何だ？」

「ケーキもっと……寄越すのである」

ユージンはケーキを素手で引《ひ》っ掴《つか》み、無言でアーデルモーデルの顔面に叩《たた》き付《つ》けた。

物理的な甘やかしによる、ハイパースパルタ方針のようだった。

「……つーか気になってたんだが——何でサヨ嬢はさっきから一言も喋《しゃべ》ってねえんだ？」

「おや、そう言えばそうですね」

「………へ？　あ、呼びました？」

ツッコミに厚みが足りないと感じていたのか、ユージンがどこか上の空なサヨナを注視する。

いつものサヨナならば、アーデルモーデルの奇行やユージンの蛮行に声を上げそうなものだが、今日に限ってはひたすらに黙している。心ここにあらずとでも言うべきか。

シコルスキとユージンは、互いに顔を見合わせた。

「唐突な空手チョーップ!!　しかしサヨナくんには縦線系の攻撃が当たらないッ!!」

「圧倒的回避力だわー。往年のビルバインより避けるわー」

「…………。はあ、そうですか」

「うーむ……鉄板の貧乳弄《いじ》りが通じないとは」

「熱でもあるんじゃねえの？」

「あの日ですかねえ？」

「あー、女性特有の」

「ええ。サラダ記念日」

「七月六日⁉」

「あれドレッシング364本用意して毎日味変えたらどうなるのか、って考えますよね」

「残った一日が生野菜記念日になるだけじゃねえの⁉」

軽妙な掛け合いをサヨナの前で披露する二人。が、サヨナは見向きもせずに、運ばれていたドリンクを啜《すす》っている。シコルスキとユージンは同時に息を吐き、それぞれアーデルモーデルの顔の前後でパンっと柏手《かしわで》を打った。

「イビャア⁉　ク、クソ共がァーッ‼　小生で憂《う》さを晴らすな‼」

「こういうのでいいんだよ、こういうので」

「外に連れ出した方が面白いですね、彼」

「……あのー」

サヨナがぼんやりとした様子で、シコルスキの服の裾を引っ張る。ようやく弟子が動いたので、一旦シコルスキはアーデルモーデルで遊ぶ手を止めた。

「どうしました、サヨナくん？」

「先生は、どうなさるおつもりですか？」

「どう、と言うと？」

「先程の提案です。レオステップへと仕えるのかどうか、なんですけど」

「ああ、アレですか。どうしましょうかねえ」

「俺なら仕えるけどな」

口ではそう言っているが、ユージンもどこかに己の店を構えることなく、行商人という身分を最大限に活《い》かし奔放に暮らしている。仕える、ということはその主に対し、忠義と奉仕を絶対のものとして捧《ささ》げることだ。保障されるものは数多くあるが、その代償として喪《うしな》うものも存在する。そして、その喪失する部分にこそ、シコルスキは重きを置く。

「一応、丁重にお断りするつもりですよ。今頭の中で必死に、異界のお祈りメールの知識を総動員しているところです」

「前も思ったんだけど、何でそんなピンポイントな知識を備えてんだよ……。どういう場面で活用可能だと考えたんだ……」

「でも、レオステップは大国じゃないですか。無下に断ってしまったら、それこそ先生の立場が悪くなってしまうのでは」

「でしょうね。しかし、目を付けられた時点で、それは避けられぬことですよ。過去にも似たような経験が無かったわけではありませんから」

「国が違うだろ、それは。レオステップは最近ますます勢い付いてるからな。近隣諸国の併合による領土拡大に留《とど》まらず、軍備の拡張や他国への威嚇も忘れてねえ。敵に回すと厄介だ。俺は商人だから当然お上には逆らえないが──お前だって似たようなモンだろ、コル」

「我が父のもたらした功罪を、今はハッキリと自覚していますねえ……」

かつて、この世は闇に覆われていた。当代魔王であるカグヤ（凡）と違って、先代魔王は
──魔物の目線で見ると──非凡そのものだった。

各国はその軍備の全てを、魔物対策に傾ける必要があり、少しでも気を抜けば大挙した魔物に、文字通り国ごと喰《く》い荒《あ》らされるような時代だったのだ。魔物を指揮、統率する存在が居るという恐ろしさを、人類はその身で体感していたのである。

もっとも、その時代を終わらせたのが、シコルスキの父である勇者ドゥーリセンなのだが
──今現在、そのドゥーリセンには功罪があると言われている。

「魔物の恐怖が消えた結果、人間同士の争い事が増えたってオチだもんなぁ。表立ってデカい戦争はまだ起こっちゃいないが、それもいつまでの話やら。折角俺らの親父《おやじ》達《たち》が平和を創ったってのに、それを自分達《じぶんたち》でブッ壊すってんだから、人類ってのは忙《せわ》しないな」

「魔王を倒したという功。それによる人間同士の諍《いさか》いという罪。よくよく考えれば、後者は正直父が全く関係ないんですけどね」

「レオステップが先生を抱え込みたいというのは、やっぱり……」

サヨナの言葉に対し、シコルスキはゆっくり頷《うなず》きつつ、恐るべき早さでアーデルモーデルの脇腹を突っついた。

「ハビャアアア⁉」

「──まあ、そういうことですね」

「おい今小生を攻撃する意味あったか⁉　なあ⁉」

「清涼剤みたいになってんなお前」

賢勇者シコルスキ・ジーライフの実力は、知る人ぞ知る。表立って活動しないので、民衆からの認知度はそう高くはないが、救う側の人間を救うという理念を基に活動している以上、知名度のある人間からは知られていることが多い。こうやって国から声が掛かるのも、その高い実力の現れではあるのだが──

「そんなガッチガチに働くの嫌なんですよね、僕。寝たい日に寝たいタイプなので」

「しょ、正直者ですね……」

──根底にあるモノは、アーデルモーデルと似通っているのであった。

「期日は明日の夕刻だっけか？　それまでどうすんだよ」

「帰るには距離がありますからねえ。今晩は王都で一泊します。宿も予約しましたから」

「んじゃ晩飯一緒に食うかぁ」

「無論、そのつもりです。元よりアーデルモーデルくんのお母様にお呼ばれしていますし」

「待てやオイ‼　キサマいつあのババアと約束事をした⁉　どこでした⁉　何でした⁉」

「ハハッ（高音）」

「ネズミ笑いで誤魔化すんじゃねえ!!」

「そもそも危険過ぎるネタはやめろ」

（本当に仲良しだなぁ……この人達《ひとたち》……）

彼らのやり取りを見ながら、サヨナはゆっくりと瞳を閉じた。

——賢勇者の弟子たるサヨナの物語は、ここで終わる。

今より始まるのは——《ヴェンタリリス・ヨナ・インゲイル》……亡国の姫の、物語。

＊

時計の針が時を刻む音だけが、闇に落ちた部屋の中で一定に響いている。

誰もがまどろみに落ちる真夜中。ヴェンタリリスは目を覚ました。そのまま身体《からだ》を起こし、足音を殺して部屋の外に出る。向かいの部屋の扉は閉じており、また施錠《せじょう》もされているが、この程度の鍵を開ける魔法は既に習得済みだった。

部屋の中を覗《のぞ》くと、ベッドの上で静かに師——賢勇者シコルスキ・ジーライフが眠っている。

このシコルスキという男は、基本的に隙がない。……と、思われがちである。

実際は、そのような人間など存在しない。弟子として長らく共に暮らしたヴェンタリリスは、シコルスキの弱点を知っていた。

（この人は――すぐに眠る）

睡眠は、人間が生きている限り避けられない生理現象だ。眠らぬ人間など居ない。

友人であるアーデルモーデル・ソロウ宅で飲み食いした後、そのまま宿に帰ったシコルスキは、倒れるようにして眠り込んだ。ヴェンタリリスも寝付きは良《い》い方であるが、この男はそれを更に上回る。そこがどんな環境であれ、会話の最中でも眠ってしまう程に、睡魔に対してシコルスキは弱い。これは、もう一人の友であるユージン・F・ライエンドも言っていたことだ。

その上で、一度眠ると中々起きないとも――

（……お世話になりました、先生。そして――ごめんなさい）

小さく頭を下げて、ヴェンタリリスは扉を閉める。心中で師であった男に礼を述べ、再び自分の部屋へと戻り、おもむろに脱衣を始めた。その身には一糸纏《まと》わず、誰も見てはいない空間ではあるが、起伏の虚《むな》しい裸体を晒《さら》した。

無論、ヴェンタリリスにその手の趣味があるわけではない。少しばかり彼女は呪文を唱え、自身に透明化の魔法を掛けた。これは肉体にのみ作用する。服を着ると、その服だけが動いているように見えてしまう。その為《ため》の脱衣であった。

鏡を見て魔法の掛かり具合を確認し、次に彼女は、自身へと掛けられた枷《かせ》――師の元より逃げ出してはならない、という戒めを解除した。未《いま》だ、ヴェンタリリスは単身《欲望の樹海》を突破するだけの力量は持ち合わせていない。しかし、師が一方的に施したこの枷《かせ》を解くことが出来る程の実力を、既に彼女は備えていたのだ。

どういう巡り合わせかは分からない。しかし、師の邸宅ではなく、目的地であったこの王都にて外泊をするという状況は、彼女を駆り立てるには充分な材料となった。

そうして、ヴェンタリリスは闇の都へと躍り出た。

向かう先は唯一《ただひと》つ——ゼックス・レオステップが眠っているであろう、王城。

少女の瞳には、夜闇の中でも尚《なお》分かる程の、昏《くら》い炎が揺らめいている。


（——わたしは、ずっと先生に嘘《うそ》をついていた）

城内に上手《うま》く潜入したヴェンタリリスは、懺悔《ざんげ》するようにこれまでのことを思い返す。

——彼女の生まれ故郷である《インゲイル聖王国》は、いわゆる小国と呼ばれるような国だった。領土は広くなく、民草の数も多くない。取り立てて他国に誇れるようなものは無かったが、しかし自然と平和を愛する心は、他のどの国よりも強かったように思う。

ヴェンタリリスは、そのインゲイル聖王国に於《お》ける、継承権第三位に位置する王女だった。上には少し歳《とし》の離れた姉と、兄が居る。ただし、ヴェンタリリスは後妻の子——病にて夭逝《ようせい》した先代王妃の後釜に座った、現王妃の子である。

父である聖王は、妾《めかけ》の類《たぐい》を一切取らなかった。更に、亡《な》くなった先代王妃に生涯の愛を誓い、後妻を娶《めと》ることすらしたくなかったと言うが、現王妃——即《すなわ》ちヴェンタリリスの母が、先代王妃に似た面影を持っていたらしい。それが理由かどうかは定《さだ》かではないが、こうしてヴェンタリリスが誕生することとなった。

王位については、兄が問題なく継ぐ。大国にありがちな、王位を巡る争いなどは、インゲイル聖王国に於《お》いては無縁だった。ヴェンタリリスも、半分だけ血が繋《つな》がった兄や姉と、何ら不幸を感じること無く、仲睦《むつ》まじく暮らしていた。

(自分の名前を偽って、抱えた事情や経歴もひた隠しにして……ただ、自分の目的の為《ため》だけに、あの人の力を利用した)

サヨナと言う名前は、姉から付けられたあだ名のようなものだ。まだ幼い頃、夜泣きがうるさかった彼女に対し、からかい混じりに付けたものらしい。果たしてどういう意味を持つ名前なのか、終《つい》ぞヴェンタリリスは姉へ訊《き》くことが出来なかったが——

(だけど、どうしても、わたしは……殺さなければならない)

全てが終わりを告げたのは、良く晴れた昼下がりのある日だった。

物々しく武装した兵が、大挙して城へと押し寄せてくる。レオステップ王国という大国に対し、インゲイル聖王国という小国が備えた軍事力など、吹けば飛ぶようなものでしかなかった。瞬《また》く間《ま》に蹂躙《じゅうりん》、制圧されたインゲイル聖王国は、その日の内に双国の合意による併合という形で、レオステップ王国に吸収されてしまったのだ。

即《すなわ》ち、侵略行為に他ならないのだが、反抗することすら力なき小国には許されなかった。

その中で、ヴェンタリリスを含むインゲイル聖王国の王族達《たち》は、レオステップに対し『契《ちぎ》り』を要求される。それは血の交じり合い——ゼックス王の下へ嫁ぐことであった。

（好色王、ゼックス……わたしの祖国を奪い、おねえさまの人生を滅茶苦茶《めちゃくちゃ》にした、張本人。絶対に、この手で討ってやる——）

本来ならば、ヴェンタリリスとその姉の両名が、ゼックス王の『もの』となる予定であった。

しかし、彼女の姉が先んじてゼックス王へと嫁ぎ、その間にヴェンタリリスは父や兄の手引の元、密《ひそ》かに母国を離れ遠方にある知己の下で庇護《ひご》を受けることになった。表向きは、国を捨てて逃げ出したという体であったが、実態はゼックス王に対する明確な拒絶であった。

それがゼックス王に知れ渡ったのかどうか、定《さだ》かではないが——その後、彼女の姉を王都で見掛けたという話は、一切聞かない。王の逆鱗《げきりん》に触れた結果、処刑されてしまったとも、流刑《るけい》となり遠くへ放逐されてしまったとも言われている。真相は不明であったが、唯一《ただひと》つ言えることは、最早《もはや》姉は生きてはいないだろう、ということだ。

（——あいつの、寝室。この中で、のうのうと……！）

目的地に辿《たど》り着《つ》いたヴェンタリリスは、一度周囲を見渡す。すれ違ってきた兵士達《たち》は、一切彼女に気付くことはなかった。が、王の私室の前となると、多少なり兵が立っている……と、思ったのだが、どういうわけか部屋の前には警護の者が一切居ない。奇襲を受ける、ということを全く想定していないのだろうか。いずれにせよ、好都合ではあったが。

殆《ほとん》どの鍵は、解錠の魔法で外すことが出来る。ヴェンタリリスは難なく扉を解錠し、転送魔法にて一振りの短剣を喚《よ》び出《だ》した。それを握り締め、極力音を殺して私室へと入り込む。

(ようやく、これで……っ!)

天蓋付きの大きなベッドで横たわっているゼックス王を認めたヴェンタリリス。一歩、また一歩とそこへ近付いていく。その度に、鼓動が跳ね上がり、耳鳴りに似た音がする。息が上がり、口内は渇き、しかしそれでも瞬《まばた》き一つせずに、仇敵《きゅうてき》の姿だけをその目に捉え続ける。

殺人の経験など、彼女には無い。が、握り締めた刃を感情の赴くままに振り下ろせば、誰か一人の命を奪うことなどは容易《たやす》いだろう。

あと、もう少し――ヴェンタリリスは、高く腕を上げる。

その瞬間、彼女の背後でガタンという音が鳴った。自分が出した音ではない。しかし、深夜に鳴るにしてはあまりに不自然なその音は――

「……眠りは浅い性分でな」

――怨敵の覚醒を促すには、充分な音量だったらしい。

「……っ!」

駆け出し、刃を振り下ろそうとしたが、それよりも先にゼックス王がヴェンタリリスの手首を摑《つか》み上《あ》げた。姿は見えていないはず――そう考えた彼女の思考を、王は先読みする。

「透明化の魔法か。中々に習得難易度が高いと耳にしたが……まあよい。物体は消せぬか？　せめて柄だけでも消せれば、こうして阻《はば》まれることも無かったろう」

短剣の柄から、彼女の手首の位置を割り出したらしい。この男は当代随一の好色であるが、それと同時に武の達人でもある。有事の際は先頭に立って指揮をし、自ら刃を持って敵陣へ斬り込むことすらある程だ。初撃をしくじった時点で、ヴェンタリリスの勝ち目は失《う》せた。

「か細い手首だな。女か」

「はな、せ……！」

「下郎が。姿を見せよ」

ゼックス王が手を翳《かざ》すと、その瞬間ヴェンタリリスの纏《まと》う魔法が解除された。武だけではなく、魔法に関しても心得があるらしい。大国の頂点に立つ者は、あらゆる分野に精通していなければならない、ということなのか。歯嚙《はが》みしながら、暗殺者はそのようなことを思った。

「ほう――誰かと思えば、賢勇者の横で縮こまっていた女ではないか」

「…………」

「夜伽《よとぎ》にしては、少々物騒なことだ。服を脱ぐ手間を省いているのは評価してやらなくもないが、しかし情欲を煽《あお》るには程遠い身体《からだ》だな」

手首を捻《ひね》られ、あっという間に短剣を奪われる。ゼックス王はその短剣を放り投げて、部屋の壁へと深く突き刺した。女の腕力では、そうそう簡単に抜き取れないようにしたらしい。

ヴェンタリリスは王を睨《にら》み付《つ》ける。そのくらいしか、もう打つ手が無いのだった。

「だが、見覚えがある顔立ちだと、少々引っ掛かっていた。今思い出したが……貴公は、インゲイル聖王国の姫君ではないか。我より逃げ出した、あの」

「……そうだとしたら、どうされますか」

「このまま組み伏せて、抱いてやるのも悪くはないな。我の好みではないが、それでも一度は娶《めと》ってやろうと考えた女だ。少々乱暴に扱っても、罰と思えば許されるであろう」

「………………」

躊躇《ためら》いなく少女は己の舌を噛《か》み千切《ちぎ》ろうとした。だが、それを見越していたのか、ゼックス王は自身の指を彼女の口内に引っ掛け、それを阻止する。代償として、王の存外柔らかくしなやかな指に、彼女の歯が立てられることになったが、意に介していない。

「気の強さは、姉君と似ているようだ」

「……！」

「どうした？　感情が目に出ているぞ。あれはいい女だった。具合もそうだが、何より天性のものがあった。捨てた女など、我は褥《しとね》で思い返すことすらせぬが、あの女だけは別だ。出来ることならば、もう一度逢《あ》いたいと思っている程にな。貴公もそうだろう？」

返答の代わりに、この男の指を噛《か》み千切《ちぎ》ってやろうと、ヴェンタリリスは咬合力《こうごうりょく》を強めた。

ゼックス王はその反応を見て嘲笑《あざわら》う。そして、空いた手を大きく開き、彼女の顔を摑《つか》むようにして捕らえた。そして、「動くな」とだけ呟《つぶや》くと、何かで塗り固められたかのように、ヴェンタリリスの肉体は一切の動きを止めた。

「な――――」

「口周りだけはそのままにしておいてやろう。呼吸を止めて死なれても困る。それに、ただ無言で睨《にら》み付《つ》けられるというのも、興が醒《さ》める。ああ、舌を噛《か》むことだけは禁じておいた。折角、小国とは言え、併合した国の姫君が逢瀬《おうせ》を果たしにきたのだ。我なりのもてなしを行う」

師の枷《かせ》よりも強力なものを、どうやらヴェンタリリスは施されたらしい。他人を支配する力を、この男は持っている。それは王として備わっている、この男だけの天賦の才。抗《あらが》うことなど、出来そうになかった。

そうして、ゼックス王が両手を打ち鳴らす。これから何をされるのか、ヴェンタリリスは身じろぎ一つ出来ない状況下で、ただなすがまま流されるだけだ。

「へーイ、呼ンダ？　オーサマ」

「ああ。アレを行う。準備せよ」

「マタカヨ！　シツケーナ！　寝カセロヤ！」

何かが天井から降って来たかと思うと、それは褐色の肌をしたメイドであった。年の頃はヴェンタリリスとそう変わらないだろうが、言葉遣いが乱暴でぎこちなさがある。肌の色も相まって、恐らくは遠い異国の人間であることを思わせた。

「客人が居る。普段よりも丁重にやれ」

「普段カラ、クッソテイチョーニヤッテラァ！」

メイドの返事を聞いて、王は少しだけ笑う。そして、おもむろに衣類を脱ぎ去っていく。

よもやこのメイドを——そう思ったヴェンタリリスであったが、眼前の王の取った格好を見て、色んな意味で絶句した。

「オッシャ！　ンジャ、ベッドデ寝ッ転ガレ！」

一見すると、ドロワーズのような下着のように見えた。色は白で、形状が似ている。だが、似ているのは外観だけで、よくよく観察すると何かが違う。ドロワーズよりも更にモコモコとしていて、それでいてツルツルともしており、丈が短い。妙にフィットしているのは、恐らく特注品だからであろう。本来は、本来ならば、この男のような成人男性が着用するものではない——少なくとも、ヴェンタリリスはそう考えていた。

「お————おしめ⁉」

おしめッ！　またの名をおむつッ！　赤ん坊や老人など、排泄《はいせつ》を自らコントロール出来ない者が、衣類の下に履くモノッ！

それ即《すなわ》ち——壮年であるこの男が履く必要性は一切無しッッッ‼

「切り替えだ。何事も切り替えが重要なのだ。このギャザー部分を見るがいい。良《い》いだろう？」

「何が⁉」

「しなやかに、そして柔らかに。ギャザー部分はぐんぐん伸びる。そう、これを伸ばし切り、放った時——我は、あらゆる束縛から解き放たれるのだ。そういう切り替えなのだ」

「ハヨセエ」

メイドより促されるようにして、ゼックス王は己の履いた、誇り高きおむつのギャザー部分を引っ張り、そして離した。打ち出されたギャザー部分は、王の引き締まった下腹部へと叩《たた》き付《つ》けられ、部屋の中に音を響き渡らせる。

——バチンッ！

「オギャアアアアアアアアアアアアアアアアアアアアアア‼　オギャアアアアアアアアアアアアアアアアアアアアアアアアアアアアアアアアアアッ‼」

魂の咆哮《ほうこう》が部屋中にこだました。恥や外聞、矜持《きょうじ》や立場というものを一切合切かなぐり捨てたゼックス王は、一人の男から一人の赤ん坊へと劇的なクラスチェンジを果たす。ベッドでじたばたともがく、でけぇ赤ちゃんをメイドがあやしながら、チラリとこちらを見た。

「何見テンダオラァーッ！　見セモンジャネーゾ！」

「いや見せ付けられてるんですけど⁉」

「ダァー、ブゥーッ！　オギャア、ホギャアア！」

「オー、ヨチヨチ。怖カッタナー」

「一体何が……起こっているの……？」

まあつまりそういうプレイなのだが、その辺りの領域にヴェンタリリスは明るくなかった。

彼女が困惑するのを見て、褐色メイドがキングベイビーを撫《な》で回《まわ》しつつ語る。

「オーサマッテノハ、色々ト『すとれす』ノ溜《た》マッチマウ職務ラシイゾ。ダカラコーヤッテ、アカンボニナリキッテ『りらくぜーしょん』ヲ求メルミテェダ」

「何というかその……ドン引きなんですけどね……。それを、どうするんですか……？」

「当店ハ一切ノ本番ナシ！　触ラセネーシ触ッテヤンネェ！　甘ヤカスダケダ！」

「オギャア、オギャアア！　オッパ、オッパオオオ！」

「めっちゃくちゃ触りたそうにしてる⁉」

「オラッ、クソベイビーッ！『ぷろふぇっしょなる』ニ徹シロヤッ！」

「ベイビーにプロとかあるんですか」

「知ランガナ‼」

メイドが仮にも王であるベイビーに、一発ビンタをかました。

赤ん坊に性欲は存在しない、従って勝手に胸を触るのは厳禁である。いやしかし、赤ちゃんが母の母乳を求めるのは、至極当然の欲求であり、それは違うのではないか——みたいな深みのある泣き声を、ベイビーが発した。

「因《ちな》ミニ、コン時ノオーサマハ、一切ノ『こみゅにけーしょん』ガ取レネー。ガチノマジノベイビーダカラ、満足スルマデチョット待ッテテクレヤ！」

「オギャ…………フゥゥゥゥ……」

いきなりトロけた顔をベイビーが見せる。すると、おむつに結構な膨らみが現れた。

「オー、クソ出チマッタナァー。今オムツ替エテヤッカラヨ、大人シクスルンダゾ」

「バー、ブゥ……」

「見る拷問か何か!?」

「ヤッテミルカ？」

「今動けないんで結構です!!」

「ソッカァ。オメー、何カ素質アリソウナ気ガスンダケドナー」

動きを止められていて良かったと、ヴェンタリリスは心の底から思った。何やらメイドから素質云々《うんぬん》言われていたが、そんな素養はご遠慮願いたい。

こうして――キングベイビーが眠りに付くまで、眼前で繰り広げられるプレイを、ヴェンタリリスは一部始終見せられたのであった。

＊

「──起きろ！　おい、コル！　起きろってば！」

身体《からだ》を揺すられたので、シコルスキは嫌々ながら瞼《まぶた》を開く。視界一杯にユージンの顔が広がり、そして賢勇者は再び瞳を閉じた。

「起き掛けに不愉快なモノを見てしまった……二度寝します」

「そっかあ」

そう返答し、ユージンはノータイムでシコルスキの顔面に拳を叩《たた》き付《つ》けた。衝撃でシコルスキの頭は枕を突き破り、ベッドに後頭部からめり込む。

「ばびぼぶぶんべぶば（何をするんですか）」

「永遠に二度寝させてやろうと思って」

「ぶっ殺すの婉曲的表現《えんきょくてきひょうげん》を、こんな朝から披露しないで頂けますかねえ」

「何でもう治ってんだよ……。って、んなこたどうでもいい。これ見ろ！」

暴力により眠気をぶちのめされたシコルスキは、ユージンから新聞を手渡される。ユージンが定期購読しているもの──ではなく、どうやら号外のようであった。

「これは──」

「ああ。どうする」

「――有象《うぞう》の本が重版？　とんだ飛ばし記事ですねえ」

「どこにも書いてねえだろがそんなもん!!　起きながら夢見てんのか!?」

「冗談ですよ。そんな急《せ》かさないで下さい」

一面の見出し記事を、シコルスキはゆっくりと目で追う。

――元・インゲイル聖王国（現・インゲイル領）の姫君、我らがゼックス王の暗殺容疑にて緊急逮捕。即日処刑の運び――

そう書かれた一文の横には、見知った顔写真が載っていた。

「サヨナくんに似てますねえ、この人。顔から下さえあれば断定出来たものを」

「いやどう見てもサヨ嬢だろ。何で他人の判別を乳でしか行えねえんだお前は」

「冗談です。何ともはや、これは一体どういうことなのか」

「お前らこの宿に帰ってから、何があったんだ？」

「僕はすぐに寝てしまったので……。ただ、まあ、どうやら僕の施した契約を解除したようですねえ。その後、独断でゼックス王の寝込みを襲い、きっちり返り討ちに遭った上で、処刑――という流れが妥当なところでしょうか」

「……意外と成長してたんだな、あの子」

「そのようで。師として嬉《うれ》しくもあり、悲しくもありますねえ」

あくまでマイペースなシコルスキだったが、ユージンは気が気ではない。何だかんだで、サヨナのことを気に掛けていたのだろう。わざわざ宿までやって来て報《しら》せてくれたのも、この男なりにシコルスキとサヨナという師弟が好きだったからだ。

「処刑は今日の正午に、王都にある闘技場の中で行われるらしい。って、わざわざ書いている割に、処刑の観覧は不可と来た。つまり——」

「——罠《わな》、でしょうねえ。僕をおびき出す為《ため》の」

「ああ、だろうな。……どうすんだよ」

そもそも、即日処刑という時点で妙である。むしろ、これは号外に見せ掛けた、師であるシコルスキへの通達であると考えるのが妥当だろう。

弟子を殺されたくなければ、正午までにこの場所へと来い——というわけだ。その後の要求については、推して知るべしというところである。

「随分と間接的……というか、僕が気付かなかったらどうするつもりなのか」

「その時はサヨ嬢を殺すだけじゃないのか」

「そりゃあそうですよね。向こうとしても、彼女が手に入ったのは渡りに船だったのかもしれませんねえ。さて、どうしたものか——」

時計を確認するシコルスキ。結構眠っていたらしく、正午まであまり時間が無かった。

腕組みをしながらしばらく思案し、やがてシコルスキはため息をつく。

「──やりますか」

「は？」

「君は知っていると思いますが、僕は他人を掻《か》き乱すのは好きでも、掻《か》き乱されるのは好きじゃないので。お相手はその辺りが分かっていないご様子。ってことで、準備します」

「……色々理由付けてるけどよ。あの子のことを放っておけないだけだろ？」

「ええ。当然じゃないですか。……手伝ってくれます？」

「断るつもりなら、最初からここに来てねえって」

あくまでいつも通りに──しかしながら、どこかに怒りを滲《にじ》ませ、賢勇者はベッドからゆっくりと降りた。やるべきことは、もう決まっている。後は、どうしてやるかだけだった。

首をコキリと鳴らし、そして賢勇者は懐《ふところ》から《無効券《ニップレス》》を放り投げた──

＊

風が強く吹き抜けていく。薄い布だけを身体《からだ》に巻き付けているから、いやに身体《からだ》が冷えた。

打ち立てられた鉄柱に括《くく》り付《つ》けられたヴェンタリリスは、物騒な雰囲気が漂っている眼下の光景を、どこか他人事《ひとごと》のような目で見ていた。

結局、あの後散々プレイを見せ付けられた挙句、今日いきなり死罪を言い渡された。が、それが賢勇者シコルスキを呼び寄せる為《ため》の方便だということも、ヴェンタリリスは理解している。もっとも、いずれにせよ刑に処されるというのは変わらないだろうが。

本来は闘技場として行事に利用するであろうこの場所を、死刑場として王は選んだ。今は仮設された玉座に腰掛けて、キリッとした顔をしている。切り替えが重要だと言っているだけあって、現状ベイビー感は一切感じられない。

「来ると思うか」

「……さあ、どうでしょう。わたしはそもそも、あの人を裏切っていたので」

そんな会話を交わすが、ヴェンタリリスの脳内には、キングベイビーとして振る舞っている光景がチラついて離れなかった。

「王。もしその賢勇者が現れた場合――」

「我の指示があるまでは待て。その後の返答次第では、好きにしろ」

側近と思《おぼ》しき男が、ゼックス王に何かを訊《たず》ねている。まだ若い男が四人、どうやら王の側で控えているらしい。

今の時刻はヴェンタリリスには分からないが、そろそろ定刻である正午が迫っているということは、場の空気から何となく分かった。兵士の何名かが、柱の根本で薪をくべている。

どうやら、ヴェンタリリスは火炙《ひあぶ》りにされるらしい。

（それも……仕方がないこと。あの人の信用を裏切り、自分の目的すら達成出来ず、こうやって利用されているだけ。それならいっそ、死んでしまえばいい。さっさとわたしが死ねば、あの人もここに来る必要なんてなくなるから――）

「焼き加減はどうしようか」

「ミディアムレアでいいんじゃね」

（ウェルダンで殺《や》れよ）

兵士達《たち》が何やら迷っているので、上からそう言ってやりたかった。

やがて、彼女の足元で赤い炎が揺らめき始める。処刑が始まった――つまり正午を迎えた、ということであった。しかし、賢勇者の姿は、ここにはない。

「どうやら、貴公の師は随分と薄情な男のようだな」

（妥当な判断だと思います、先生。良かった、あなたが現れなくて）

多分、燃やされて死ぬというのは、とても苦しいことなのだろう。その時自分は、泣き叫んで命乞いをして、醜く惨《みじ》めに焼《や》け爛《ただ》れていく。そんな姿を、少なくとも師に見られることがないというのは、死にゆく彼女にとって一つの救いだった。

温《ぬく》もりは徐々に牙を剝《む》き、灼熱《しやくねつ》という名の怪物へと変貌していく。じわじわと、背中の鉄柱が怒るように熱を持つ。あと数分もすれば、狂う程の痛みに襲われるだろう。

「最後に言い残すことはあるか。余興だ、聞いてやる」

「……どうして、おねえさまを捨てたのですか」

「どうして、だと？　決まっている——」

何かを言い掛けたゼックス王だったが、しかしそれよりも先に、血相を変えた兵士の一人が、駆け寄って膝をついた。

「た、大変です！　何者かが、この闘技場内に侵入して来ています！」

「入り口は全て、封鎖していたのではなかったのか」

「突破されました……！　侵入者は恐ろしい程に強く素早く、とても我々一般兵では……」

「もうよい、下がれ。……英雄は遅れてやって来る——か。味な真似《まね》をするものだ」

（そんな、何で……っ！）

ただの一般兵ならば、確かに何人居てもシコルスキの相手にならないだろう。

だが、王の側に控えている四人の男達《たち》は、恐らくはかなりの実力者だ。王自らが手元に置く、いわゆる懐刀《ふところがたな》である。さしもの賢勇者ですら、同時に掛かられればただでは済まない。

それが分かるからこそ、ヴェンタリリスは叫びたい気持ちを抑えた。今すぐに逃げ帰るべきだと、声を大にして言ってやりたかった。それがあなたの為《ため》である、と。

しかし——出来なかった。言えなかったのだ。

助けに来てくれた。やっぱり、見捨てなかった。言い様のない歓喜が、彼女の身体《からだ》に震えとして表れていたから。

何かがこちらへと向かってくる。物凄《ものすご》い勢いで、止めようとする兵士達《たち》を薙《な》ぎ払《はら》っていく。

故にヴェンタリリスは言葉を変えた。叫ぶべき言葉を。

「せんせ――――」

――――バチィイン。

「義によって馳《は》せ参《さん》ンアファ……！　我が名はハマジャンホォオォン！　イグッ!!」

「――いィイィァアアイスマアアァアァン!!!」

喉から血が出るぐらいに、ヴェンタリリスは絶叫した。

現れたのはシコルスキではなく、ピッチピチの《救水《すくみず》》を着た毛深いおっさん――元チャース・ノーヴァ国の騎士にして、現流浪《るろう》の変態ハマジャックであった。今日も元気に《救水《すくみず》》の端々が引っ張ってはバチィインしており、その度に喘《あえ》ぎ声《ごえ》を所構わず聴かせている。

「ハッハ、これはあいすまん。到着が遅れたこと、心よりお詫《わ》び申し上げる。何分、久方振りにサヨナ氏と再会出来るという喜びで、某《それがし》の秘剣がゲットアップしてしまっている故」

薄着のヴェンタリリスを見たからか、ハマジャックは直角にお辞儀する体勢で、顔だけこちらに向けていた。姿勢を正すと、風紀上正しくないモノが露《あら》わになってしまうからだ。

「帰れ!!」

「卑劣なり敵勢に脅されているが為《ため》、そのように殊勝なことを申すか。許せンァノ!」

「……何だこの変態は」

(おめーもだよ!)

「今こそ、某《それがし》に救いを与えてくれた賢勇者殿とサヨナ氏に恩を返す時。少々手荒な真似《まね》になるであろうが、お許し願いたい。命までは奪わぬ」

直角の体勢で、ハマジャックは周囲を威圧した。まだスタンドアップしているらしい。

何で最初に来たのがコイツやねん——ヴェンタリリスはそうツッコミしたかったが、この変態の実力は確かである。兵士達《たち》は色んな意味で怯《おび》えて、すぐに手出し出来ないようだった。

そんな一瞬の膠着《こうちゃく》状態を破るように、上空で何かが煌《きらめ》き——

——ドォツォォオオォォオオオォォオォン!!

「下々ーっ!! 余自らが助けに来てやったぞー! 泣いて喜ぶがいいわ!」

「…………」

「な……何とか言え!! 余だぞ!? 魔王だぞ!?」

「はあ。まあ、頑張ってくれとしか」

冷めた感じでそう告げると、魔王カグヤは涙目になりながらギャーギャー吠《ほ》えた。上空から降って来るという登場までは良かったが、カグヤ自身は角が生えただけの少女である。毛深い肢体にピッチリした何かを着込み、その上で股間を膨張させている変態に比べると、兵士達《たち》もそこまでのリアクションが取れないようだった。

「魔王……？」

が、ゼックス王だけが普通の反応をしている。魔王、という単語に引っ張られたらしい。渡りに船とばかりに、えへんとカグヤは立派な胸を張った。

「そうだ！　余こそ先代魔王の娘にして、志を継ぐ当代魔王のカグヤだ！　頭が高いぞ、人間！」

「……。ヴェンタリリスの処刑を急げ」

「はっ！」

「シコっちー‼　やっぱ人類って皆殺しにすべきだと余は思うーッ‼」

理念を叫ぶカグヤを無視して、さっさとヴェンタリリスを燃やしてしまおうと、兵士の一人が火力を増強させようとする。これ以上火力が上がると、流石《さすが》にもう耐えられそうにない——ヴェンタリリスが焦《あせ》りを見せた、その時だった。

「おじさんパンチ‼」

「ぶべあ！」

「出た……」

もうそのくらいしか言う言葉が残っていなかった。突然その場に現れたのは、ご丁寧に全裸姿のおっさん——《シリアスを絶対にゆるさないの会》、会長である。

「いやあ、久し振りだねお嬢ちゃん！　おじさんが助けに来たぞ！」

「お引き取りください」

「ワオ！　ツンデレに鞍替《くらが》えかぁ〜？　もう終盤も終盤だぞぉ〜？」

（うっぜえ……）

邪悪そのものである存在が、火で煽《あお》られているヴェンタリリスを言葉でも煽《あお》る。が、流石《さすが》に炎の勢いが強くなっているのを見過ごせないのか、自身の股間の砲台に手を添えた。

「今消してやるから、もうちょっとだけ待つんだぞ！　おじさんの！　激流葬でね!!」

「——某《それがし》にも手伝わせて頂きたい」

「……！　あなたは……？」

「フ……貴君と目的を共にする者よ」

「かたじけない……！　しかし、これでダブル激流葬だ！　イヤッフゥ！」

「絡《から》んではならない連中が絡《から》んだんですけど!?　ちょっとそこのラスボスっぽい面構《つらがま》えのクソベイビー!!　さっさとこいつらをご自慢の懐刀《ふところがたな》で殺してください!!」

「急に元気になったな、貴公……。凄《すご》いことを言っているという自覚はあるのか」

ジョボボボボ……と、変態と邪悪の放水により、ヴェンタリリスを取り囲む炎の勢いはかなり抑えられた。考え得る限り最悪の消火方法であった。

「これで一安心★」

「サヨナ氏の安全を確保！」

「焼け死んだ方がマシだった……ッ!!」

散々場を掻《か》き回《まわ》す闖入者達《ちんにゅうしゃたち》。しかしヴェンタリリスは、地獄の責め苦よりも辛《つら》い何かを味わっていた。状況が状況なので、ゼックス王も混乱しているようである。

その混乱に乗じてかどうかは分からないが——闘技場の上空から、バッサバッリと翼のはばたきのような音が響く。今度は何だと、その場の全員が空を仰ぐと——

〒102-8584

東京都　千代田区富士見《ふじみ》　1-8-19

電撃文庫編集部

「助太刀係」

「例のアレ!!」

——翼も無いのにバサバサと音を立てて飛んでいる、本作のマスコットキャラクターが闘技場へと舞い降りた。

　そして、『都』と『千』の間にあるスペースから、三人の男達《たち》が飛び降りる。

「いやあ、快適な空の旅でしたねえ」

「つーかコイツ飛べんのかよって感じだったんだが……」

「あ、足くじいた！　痛い!!　そして何故《なぜ》小生を呼んだのか説明しろ!!」

　いつものノリのまま、結構遅れてやって来た——賢勇者であり師である、シコルスキ。

　そして彼の幼馴染《おさななじみ》である、ユージンとアーデルモーデル。

「せ、先生……。なんで、ここに……」

「楽しそうなことをしていますねえ、サヨナくん。いや——ヴェンタリリス姫と呼んだ方が正しいですか。ともかく、遅れてすみません。アーデルモーデルくんが中々部屋から出ないので」

「だってこの後クソみてえな戦闘するのであろう、お前ら!?　小生マジでそういうの無理だから!!　血とか見たらマジ貧血起こすから!!　こえーから!!」

「合コンに現れたぶりっ子女子大生かお前は」

「……わたしの、名前。知ってらしたんですか」

「ええ、まあ。一話と二話の間ぐらいですかね？　ユージンくんが調べて来たので」

「具体的なようで結構あやふやな時期を言うな！　……あー、まあ、お節介だとは思ったんだが、コルがあまりに君の素性に興味が無いもんだから、俺が勝手に全部調べたんだ。っても、君の正体をコイツに教えたところで、大した反応も無かったけどな……。多分だけど、俺が教えなくても、コイツは君の正体に薄々勘付いてたと思うぞ」

「別に誰であろうと、教える分には関係ありませんし。まあ、君が偉い人達《ひとたち》の前だと、僕の影に縮こまるようにしていたのは、何だか微笑《ほほえ》ましかったですけどね。自分の正体が露見することが怖かったのでしょう？」

「……お見通しだったんですね」

サヨナ——ヴェンタリリスが高貴な身分であることは、共に過ごす中で窺《うかが》い知《し》ることが出来た。しかし、シコルスキはまるで気にしなかった。ユージンから彼女の正体を聞いた後も、接し方を一切変えなかった。よって彼女に対する無礼な発言やセクハラの類《たぐい》は、全て相手が姫であることを理解した上でのものだったのだが……まあそれはいいだろう。

お見通し、という発言に対して、シコルスキは首を横に振る。

「君がこのような形で僕の下を離れていくとは、微塵《みじん》も考えていませんでしたよ。そういう意味では、僕は君のことを全く見ていなかったことになる。師匠としては、失格ですね」

「そんなこと……ありません。わたしは、ずっとあなたのことを騙《だま》していました。最初から、復讐《ふくしゅう》のことしか考えていなかったのに。その為《ため》だけに、学んでいたのに。だけどあなたは、何も疑うこともせず、わたしに教え続けてくれた。だから、本当に……ごめ「うんちぶりぶりぶ

りぶり!!!」

「何だこのオッサン⁉」

いきなり発作を起こした会長と面識の無いユージンが、思わず叫んだ。見ると、会長の全身に蕁麻疹《じんましん》が浮き出ている。あまりのシリっている空気にアテられたらしい。

「『イキたい』と言えェ!!!」

そしてあまつさえ、強引な下ネタパロディで事態の収拾を図ろうとした。それに導かれるようにして、変態の水着がバチィィンと音を鳴らす。もうイっていた。

「すみませんね、会長。他ならぬ僕がシリってしまいました」

「もうっ！　おじさん怒るよ⁉　こんな五流ギャグ小説で、クソみたいなシリアスシーンを延々見せられるとか、両親のセックスを目撃するよりトラウマものだ‼」

「ユージンさん。そいつの首刎《は》ねれますか？」

「君もアデルも俺のことキラーマシンか何かと思ってないか？」

「しかし、どうして会長は全裸なのですかね？」

誰もメスを入れたがらなかった部分に、シコルスキは切り込んでいく。裸になるのに理由がいるかい？　とでも言い返されそうだったが、会長はニッコリ笑顔でサムズアップした。

「良《い》い質問だ、特別顧問！　いや、実はあの日、特別顧問に透明化の魔法を掛けてもらったろう？　で、普通に解除してもらったんだけど……どういうわけか、その後透明化の能力がおじさんに引き継がれてしまったようなんだ。もうサイッコーとしか言い様がないね！」

「ディエゴ・ブランドーかこのオッサンは⁉」

「なるほど……僕はフェルディナンド博士だった、と」

「ああ、ついでに言っておくと、昨日ずっとおじさんはお嬢ちゃんをストーキングしていてさ。そこの王様の部屋に入った後、いきなり物音がしたよね？」

「まさか……」

「あれはおじさんがついヤっちゃった音なんだ★」

「ああもうダメ‼　あのクソベイビーよりもこっちを殺したい‼」

つまりヴェンタリリスの暗殺が失敗したのは、実はその場に居た会長が原因なのであった。

透明化の魔法を完全に使いこなせる会長は、シコルスキレベルの術者以外には全く見えなくなるらしく、ヴェンタリリスの実力では気付くことが出来なかったのだ。

しかし、何故《なぜ》会長は彼女をストーキングしていたのか。ヴェンタリリスが鉄柱に括《くく》り付けられたまま怒り狂っているので、代わりにユージンが訊《たず》ねた。

「復讐《ふくしゅう》は良くないからね！　くっさいくっさいシリオーラをお嬢ちゃんが纏《まと》っていたから、おじさんが一つ喝を入れてあげようとさ！」

「意外とまともな理由だな……」

「いやそいつ実の娘にクッソ恨まれてるドクズですからね⁉」

「シリアスあるところに会長あり――これは覚えていた方がいいですよ、ヴェンタリリス姫」

「――歓談に花を咲かせているところ申し訳ないが、そろそろ良《い》いか」

これまで「見」に徹していたゼックス王が、ようやく重い腰を上げた。元より、この男の目的はシコルスキである。ヴェンタリリスの処刑については、それこそ余興に過ぎない。

不遜な面持ちで玉座に座る王に対し、シコルスキがはははと笑う。

「すみませんねえ、放置してしまって。えーっと、何の用事でしたっけ？」

「シコっちー！　余をもうちょっと構え！」

「賢勇者殿。この豊乳たる角娘について、詳細をお聞かせ願いたい」

「3行以上シリったら、おじさん容赦なくウンコ漏らすからそのつもりでよろしく！」

「なあ小生もう帰っていいか？　小生要らねーだろこんなん」

〒102-8584
東京都　千代田区富士見《ふじみ》　1-8-19
電撃文庫編集部
「手持ち無沙汰係」

「――友達は選べ」

「ド正論言われてんぞオイ!!」

(あなたもその中の一人だと思うんですけど……)

癖しか見えない連中に対し、ゼックス王は静かにそう告げた。お客様の中に正常な方はいらっしゃいますかと問われれば、全員すぐに挙手するような異常者達《たち》である。

もっとも、ゼックス王の真意は、単なる諫言《かんげん》ではなかったようだが――

「ああ、思い出しました。仕えろという話ですが、無論お断りしますね」

「――チャース・ノーヴァ国どころか、各国の歴史上でも類を見ない、たった一人で謀反《むほん》を起こした騎士の中の騎士、ハマジャック。予《かね》てから魔王には遺児が居るとは噂《うわさ》されていたが、その魔王の娘を名乗る現魔王、カグヤ。多くの信者を抱える一方で、多数の国より邪教認定されている危険思想集団《シリアスを絶対にゆるさないの会》、会長。現在は幼女に手を出したことにより投獄されているが、かつては勇者ドゥーリセンと共に旅をしていた、世界最強の剣士と名高い《絶火無双》ホーユウ——の、息子。謎の生き物。ヒョロい眼鏡。よくもまあ、ここまでの面々を揃《そろ》えたものだ、賢勇者。そこにどんな意図がある？」

「意図など別にありませんよ。と言うよりも、随分と博識なようで」

「我にはそう見えんがな。調停者気取りか、貴公は」

強い力を持った者達《たち》が、賢勇者に同調し力を貸している。彼らは本来、放っておくと途轍《とてつ》もない『何か』を成すような能力がある。国をひっくり返す程の強さを持った騎士を、世界を闇に包みかねない魔王を、邪悪の一言に尽きる集団の会長を、ツッコミ上手な行商人を、賢勇者は何気ない形でコントロールし、己の支配下に置いているのではないか。ゼックス王はそれを指して、シコルスキのことを調停者気取りと呼んだらしい。

その指摘を受けて、賢勇者はいつも通りに笑い——

「——まあ、言われてみれば、そういう側面もあるかもしれませんねぇ」

肯定とも否定とも取れるような返答をした。

「いや絶対無いだろ。適当なこと言うなよ。お前が俺をコントロールしてるとか言い出した日にゃ、お前の顔面をジャガイモと見分けがつかねえぐらいにボコボコにするわ」

だが一方でユージンが拳を鳴らしながら全否定した。

「仮に僕が調停者気取りだとするなら、尚《なお》の事大国であるレオステップに仕えることは出来ません。貴方《あなた》の国は危険なのでね。それこそ、僕が介入してやろうかと思う程に」

「それが、貴公の答えか」

「はい。最初から断ってましたけど、貴方《あなた》と一緒に帰って勘違いされたら恥ずかしいので……」

「どこの藤崎《ふじさき》だ」

「――そうか。ならばもうよい。我に仕えぬと言うのであれば、最早《もはや》貴公は我の前を飛ぶ蝿《はえ》だ。耳障《みみざわ》りな蝿《はえ》は、さっさと駆除するに限る」

ゼックス王が指を鳴らすと、今まで静観していた四人の男達《たち》が前に出る。見ると、四人全員が中肉中背の黒髪の少年であり、そして全員似たような顔をしていた。

「《四転聖《してんせい》》――ナロ村より現れし、我の懐刀達《ふところがたなたち》だ」

「なるほど……だから全員似たような顔なんですねえ。まるで最近のラノベ主人公のようだ」

「直喩やめろ」

「玉座に座って周囲にヒロインを侍《はべ》らせてそうな方々だ。彼らは強いですよ、ユージンくん」

「最近のラノベの表紙の話すんなよ!! 記念撮影したいだけの連中かもしれねえだろうが!!」

「それこそどんな連中なんですかね……」

思わずヴェンタリリスもツッコミを入れた。

童顔で女装が似合いそうな四転聖達《してんせい》は、不敵な顔をしてこちらへと近寄って来る。彼らの辞書に、敗北という文字は無さそうである。多分チートとか無双とかいう文字しかない。よって、異世界転生者嫌いのシコルスキの血が騒ぎ始めた。

「ぶっ飛ばしてズボンを脱がせましょうかね」

「お前の目的が分かんねえぞ……。つーか、お前はさっさとサヨ嬢……じゃなくて、リリ姫助けてあの王様とちゃんと話つけろ。幸い相手も四人でこっちも四人だ。引き受けてやるよ」

「おい小生を数に入れるな」

「入れてねえよヒョロガリ」

「賢勇者殿。サヨナ氏を救えるのは、やはり賢勇者殿を措《お》いて他にはおらぬ。ならば、少しばかり某《それがし》も本気で戦ァアン！　そこッ！」

「マジでお前友達選ぼうぜ……」

「ハマやん氏……心遣い、痛み入ります」

ビクンビクンと身体《からだ》を震わせながらも、ハマジャックが四転聖《してんせい》の一人へと飛び掛かる。

「んむ。何も言うな、シコっちよ。後は余に任せておけ」

「………………」

「な、何とか言え！」

「自分の発言に責任持てよ」

「軽いジョークですよ、カグヤさん。殺す気でやって下さいね」

そんな送り出し方があるか——そう思ったユージンだったが、カグヤは満面の笑みを浮かべて、手近な四転聖《してんせい》に駆け出していった。

「まあ……異世界転生者と魔王の相性は、さながらみず・ひこうタイプに十万ボルトを放つようなものなので、後でユージンくんがフォローしてあげて下さい。カグヤさんが危険です」

「つまりあのギャラドスに殺す気で死んで来いって言ったのかお前……」

「ねえねえ、あいつら殺していーい？」

テンプレに対しテンプレ狂気キャラを披露した会長は、口から涎《よだれ》を垂らしてシュルスキの指示を待っている。元より普段の言動が狂気じみているので、あまり遜色なかった。

「会長。極力苦しめて辱《はずかし》めた上で、彼らをぶちのめして頂ければ」

「任せてくれ、特別顧問」

「急に戻るな」

「さーて、そんじゃあ転生だのチートだのスキルだの小うるせえ連中に、全裸に拳一本で立ち向かって来る昔ながらの主人公の恐ろしさ、叩《たた》き込《こ》んでやりますかァ……！」

「まかり間違っても主人公じゃねえよあんたは……」

スキップしながら、会長も四転聖《してんせい》を襲撃する。騎士と魔王はともかく、そこに邪教の会長が戦闘力で肩を並べるというのは、よくよく考えれば意味不明であった。

「ではユージンくん、健闘を祈ります」

「つっても俺商人だし、転生者相手は結構キツイ気がするけどな。で、武器とかあんの？」

「ありませんよ」

「何で？」

「何でと言われましても、僕は魔法タイプですし。逆に何故《なぜ》武器を持っていないのですか」

「いや俺商人だっつってんだろ。旅先ならともかく、都にいるのに武器なんざ持つか」

あまり準備時間はなく、二人はカグヤやアーデルモーデル、例のアレなどの招集に忙しかったので、武器のことまで手が回らなかったのだ。ユージンは素手でもゴリラ並に強いが、本来は剣士としての天分がある。よって何かしらの武器があれば一番なのだが——

「仕方がないですねえ。じゃあこれを使って下さい」

シコルスキは『文』をユージンへと手渡した。何だこれは、とユージンが首を傾《かし》げる。『文』は生暖かく柔らかく、そして若干湿っている。

〒102-8584
東京都　千代田区富士見《ふじみ》　1-8-19
電撃　庫編集部
「かえして係」

「ってお前これコイツの一部分じゃねえか!!　引っこ抜いたのか!?」

「拝借しました。それに、ひっくり返したら何か武器っぽく見えません？　『文』って」

「壊れたサスマタみてえなんだが……。ああもういいわこれで！　じゃあな!!」

『文』を引《ひ》っ摑《つか》んで、返せとアピールしている例のアレを無視し、ユージンはそのまま突っ走っていった。なお『文』はフリーサイズであり、状況に応じて伸び縮みするぞ！

　仲間達《たち》がそれぞれ戦い始め、一人残されたシコルスキは、玉座へと近付いていく。

「——解《げ》せんな。これは我どころか、我の国そのものに楯突《たてつ》くような叛逆行為《はんぎゃくこうい》だ。仮にこの場を切り抜けたとして、貴公らは叛逆者《はんぎゃくしゃ》として名が知れ渡るだけであろう」

「その時はその時じゃないですか。当然、僕の弟子が貴方《あなた》へ無礼を働いたことは、心よりお詫《わ》び申し上げますよ。だからと言って僕が貴方《あなた》に仕えるわけではありませんし、いきなり彼女が死罪にされるのも納得いかないので、こうやって対立しているわけですけどね」

パチンとシコルスキが指を鳴らす。すると、ヴェンタリリスを縛っている縄はするりと緩み、彼女が鉄柱からふわりと落下した。羽が舞い散るような速度で、ゆっくりとヴェンタリリスはシコルスキの隣へと着地する。

「せ……先生」

「そもそもの話、こちらに四転聖《してんせい》とかいうのをけしかけている時点で、もう我々とそちらは争う以外に道がありません。従って、今度は僕と貴方《あなた》が戦う番だ」

「言ってくれる。我は強いぞ――少なくとも、殺し合いという分野に於《お》いては、貴公よりもな」

立ち上がったゼックス王は、剣を抜き放った。あの戦闘行為は極力避けて通っていたシコルスキが、いよいよ本気で戦うのか。

ヴェンタリリスは瞠目《どうもく》し――シコルスキは彼女の肩をポンっと叩《たた》いた。

「じゃ、後はよろしく頼みましたよ」

「…………。はい？」

「僕は今からちょっと禁呪を唱えるので、それまで彼の相手をして下さい」

「え……ええええええええ!?　あれだけ煽《あお》っといて下がるんですか!?」

とんだ肩透かしどころか、ヴェンタリリスにとっては降って湧いた危機である。

ゼックス王の実力を、彼女はまさしく理解している。とても勝てる相手ではない。が、そんなことは知らぬとばかりに、シコルスキは数歩後退した。一方で、ズンズンとゼックス王はこちらに接近している。これはヤバイ。

「お、落とし穴ーッ!!」

――なので、咄嗟《とっさ》の機転で、ヴェンタリリスは王を落とし穴にハメた。かつて、師が暴走するユージンに落とし穴を仕掛けたのを、偶然思い出したのである。もっとも、彼女の力ではそこまで深い穴は掘れず、少しすれば抜け出されてしまうだろうが。

「お見事ですねえ」

「わたしは頑張ったので、先生もさっさと禁呪とやらを唱えて頂けませんかね……!!」

「分かりました。では――」

バチン、と魔力の奔流がヴェンタリリスの頬に触れる。何だかんだ言っても、彼女は師であるこの男のことを心から尊敬している。それこそ、国を相手に喧嘩《けんか》したところで、あっさりと勝ってしまうのではないかと思える程に。

その弟子の敬意を知ってか知らずか、目を閉じてゆっくりと、賢勇者は言葉を紡《つむ》ぐ――

「――文庫は、我が国にとどまらず、世界の書籍の流れのなかで〝小さな巨人〟としての地位を築いてきた。古今東西の名著を、廉価で手に入りやすい形で提供してきたからこそ、人は文庫を自分の師として、また青春の想《おも》い出《で》として、語りついで「ストォォォオオオォオオオォオォオオォオォオオォオォォオオオォォオォオ——ップ!!!」何ですか急に。ここからいいところなのに」


「いやこれ禁呪じゃなくて電撃文庫の巻末に載ってる創刊の辞ですよね⁉」

「よくご存知のようで。その通りです」

「アレはクソみたいな新人飛沫《ひまつ》作家がイジってはならない、神の領域のやつですよ多分!!」

「つまり我々は神に挑んでいた……⁉」

「天罰下って死にますよ⁉　とにかくもう禁呪唱えるのはやめてください!!」

「読者の貴方《あなた》も、今から巻末の方をチラッと確認するのはダメですよ。禁呪なので危険です。あ、電子書籍版を読んでいる方は巻末に載ってないので、書籍版の購入を強くお薦めします★」

「世界樹《ユグドラシル》のような神経の図太さ!!」

「とはいえ、ヴェンタリリス姫が拒絶反応を示しているので、この禁呪を唱えるのはやめておきましょうか。君の悲しむ顔は見たくないのでね」

「先生……」

「なので他の禁呪にします」

「このクソ野郎!!」

腹の底から全力でヴェンタリリスが叫んだ。が、既にシコルスキは禁呪を紡《つむ》いでいる。

「——第二次世界大戦の敗北は、軍事力の敗北で「あああああああああああああああああああああもおおおおおおおおおおおおおおおおおっっ!!!」またですか君は。どうしました?」

「これ!! 角川スニーカー文庫の!! やつ!!」

「よく知ってますねえ。まるで創刊の辞博士だ」

「謎の博士号を与えなくていいですから……終盤にして異様に死にたがってますよこの小説」

「にしても……『角川文庫発刊に際して』は中々にヘヴィな書き出しです。これは我々電撃文庫も負けてはいられないのでは?」

「どこで張り合おうとしてるんですか!? 神の領域に関与しちゃダメですってば!!」

禁呪が禁呪たる所以《ゆえん》を、ヴェンタリリスは心の底から理解した。唱えることが出来ないからこその禁呪なのだろう。そしてそこへ二度も手を出したこの男に、ガチで畏怖した。

「しかし、禁呪がダメとなると、もう僕に打つ手はありませんねえ。となると、ここから先はまた君の戦いとなります」

「……それって」

「僕は別に、復讐《ふくしゅう》という行為を否定しません。ユズさんや君が、どういう気持ちで復讐《ふくしゅう》を果たしたいのか、理解することは難しいですけどね。だから、僕は君を咎《とが》めませんよ」

「でも……わたしは、先生から教えてもらったものを、誰かを殺す為《ため》だけに使いました。いえ、そもそも最初から、そのつもりだったんです。そんなの――最低じゃないですか」

「仮に君が復讐《ふくしゅう》の為《ため》に僕へ師事したいと言っても、僕は君を受け入れましたよ。大体、力なんてモノは、使う人間次第で善悪が決まるのです。武器が人を殺すのならば、では全ての武器が悪であるのかと言うと、そんなことを考えるのはごく僅かな者だけです」

「………」

先程とは打って変わって、シコルスキは真剣な顔をしてそう諭す。常にマイペースで、どんな状況であれふざけるような男だが、それは賢勇者であるこの男の表面上のものに過ぎない。

実際は、ヴェンタリリスでは及びもつかない程に、色々なことを考えている。決してブレることのない、賢勇者の軸のようなもの――それに、今ヴェンタリリスは触れようとしていた。

「最初から、僕は選択するのは君自身の自由だと考えていました。選び続けることは、生きることに等しい。僕から教わったものを使い、復讐《ふくしゅう》をするもしないも、そもそも君の自由なんですよ。誰だって、僕だって、自由に気持ち良く生きたいのが真理です。少なくとも、僕は自由に気持ち良く生きたいので、好き勝手やっています。そんな僕が、君から選択の自由を奪うことは、してはならない」

それが賢勇者シコルスキの根底にある、あらゆる行動に対する理念だった。ともすれば利己的に過ぎる考えではあるが、しかし自由には責任が付《つ》き纏《まと》う。その責任と上手《うま》く折り合いを付けることが出来なければ、そもそも成り立たない生き方。そしてその生き方すら、師は弟子に押し付けるつもりもない。

この男は、ヴェンタリリスの師であるが、保護者ではないのだ。彼女が復讐《ふくしゅう》を遂げ、誰かを殺したとしても、きっと何も咎《とが》めない。ただ、この男がそれを許せないと思うのならば、その時は目の前にしれっと立ち塞がるのだろう。互いの自由の為《ため》に。

「なので、自分で考えて、自分で責任を果たして下さい。それが無理だったり嫌だったりするなら、誰かを頼りなさい。僕は僕の考えで動いています。だから彼を連れてきました」

シコルスキが目をやったのは、やることもないし誰かに襲われるのも嫌なので、ひたすら空気に徹している、アーデルモーデルだった。

ヴェンタリリスはごくりと唾を飲む。時折、思うことがある。師は、未来を見通す能力があるのではないか、と。決してそんなことはないと、師は否定するだろうが、それでもそう思うしかない時があるのだ。

「……自分でやります。復讐《ふくしゅう》を、この手で果たします」

「分かりました。じゃあここで見守っておきますね」

「先生」

「何ですか？」

「わたしは――あなたの弟子になれて、幸せでした」

（とんでもないマゾだったんですねえ）

まあそのくらいのマゾでなければ、これまで耐えられなかっただろう。

そんなことをシコルスキは考えた。とんだ温度差である。

「ちんちんぶるんぶるん！」

「ああ、早くしないと、いい加減会長の堪忍袋《かんにんぶくろ》の緒がブチ切れますよ」

「時限爆弾⁉　っていうかこの人、四転聖《してんせい》とか言うのと戦ってたんじゃ……⁉」

「あんなんおじさんワンパンで殺《や》れるけど？」

「マジでどんな戦闘力してるんですかこいつ⁉」

他の三人はまだ戦っている中で、会長だけが一番乗りで帰還した。血だらけであるが、外傷は一切ない。どうやら返り血を浴びただけらしい。限度を超えたシリアス展開に対し、会長は相当鬱憤が溜《た》まっているのか、股間のリトル会長も怒張している。

やべえと思いつつ、落とし穴からようやく這い上《は あ》がってきたゼックス王に、ヴェンタリリスは駆け足で接近した。そして、軽蔑の極みのように、その男を見下ろす。

「……我に土を付けたばかりか、見下すか。万死に値するぞ――下郎が」

「どうぞご勝手に。それと、ありがとうございました」

「狂ったか」

「逆ですよ。狂っているのはあなたで、でもそれはわたしにとって何よりの好機です」

そう言いながら、転移魔法でヴェンタリリスは小瓶を喚《よ》び出《だ》す。中身は透明な液体で満たされており、すかさず彼女は蓋を開け、その液体を王へとぶちまけた。

「これは――――ッ」

「《裸が見たい液》っていう、センスの欠片《かけら》もない名前をした道具です」

「怒りますよヴェンタリリス姫」

そこの沸点は低いのか……。少し背筋が冷えたが、取《と》り敢《あ》えず無視してヴェンタリリスは続ける。シュウシュウと音を立てながら、ゼックス王の衣服は溶けていく。だが、相手もそのまま黙ってやられっぱなしであるはずもない。

立ち上がった王は、剣を構えて振りかぶり、彼女を両断しようとした。

「お嬢ちゃん!!」

しかし、そこに会長が割って入り、ヴェンタリリスを庇《かば》う。袈裟《けさ》斬《ぎ》りが見事に決まり、会長の胴から鮮血が吹き出た。

「どけ、邪教の主が！」

誰が見ても致命的な一撃と判断するだろう。王は片手で、瀕死《ひんし》の会長を押しのける。

「おじさんパンチ!!」

が、よろめいたふりをして会長は助走をつけ、王に渾身《こんしん》のドロップキックを叩《たた》き込《こ》んだ。因《ちな》みに、大体何を相手にしようが、この狂人はパンチと呼称する。

「ぐぼあッ」

「無事かい、お嬢ちゃん？」

「……。逆に何であなたは普通にピンピンしてるんですかね。助かりはしましたけど」

「ははは、おじさんは少しでもシリっている相手からの攻撃を一切受け付けない体質なんだ」

「ほぼ無敵じゃないですか‼」

「それと僕や会長は《行跨ぎ治癒《エンターヒール》》と言う特殊能力を持っているので、どんな傷を負っても大体次の行には元に戻ります」

「八流ギャグ小説のキャラに相応《ふさわ》しい特殊能力だと思わないかい？」

「先生の異様な回復力の謎が解けました……単なる化け物じゃないですかあなた方」

この二人を倒す方法が全く浮かばないヴェンタリリスであった。倒すつもりはないが。

突然のドロップキックにより、ゼックス王は怯《ひる》んでいる。そして、その衣服の大部分は溶けていた。図らずも、準備は整ったということだ。ゆっくりと、少女が距離を詰める。

「……あなたは言ってましたよね。何事も切り替えが重要だ、って」

「ぐ……ッ、何のつもりだ……⁉」

「アーデルモーデルさん！」

「何であるか小娘。小生は今、窒素と一体化している最中である」

「金玉、持ってますか」

「ああ!? 破廉恥の極みかキサマ!? 四つ持っとるわ!!」

そう言ってアーデルモーデルは、白と黒の《サイケデリック・コード》——師曰《いわ》くの金玉を懐《ふところ》から取り出した。にんまりと、ヴェンタリリスは口角を吊《つ》り上《あ》げる。

「今からわたしを、それで撮影してください。ちゃんと記録も忘れずにお願いします」

「……おい。結局まだ小生は一本も《栄武威《えいぶい》》を撮影していないのだぞ。だのにキサマは、その栄えある一本目をここで撮れと言うのであるか？」

「はい。でも面白い映像だと思いますよ。いやらしいかどうかは、分かりませんけどね」

「チッ。ジーライフ、つまらないモノが撮れた場合、責任はキサマが取るのである」

「別に構いませんよ。何だかワクワクしますねえ。面白いモノが、王から見えていますし」

服が溶けたことにより、露出したそれ——ゼックス王がキングベイビーたる証《あかし》である、立派なおむつ。聡明《そうめい》な王は、何をされるかを咄嗟《とっさ》に理解したのだろう。両手でおむつのギャザー部分を押さえ付ける。だがヴェンタリリスには、こういう時に使える魔法が、一つだけあった。

「『引っ張ってバチィィンってする魔法』って、ご存じですか？ まあ知ってようが知っていまいが、今からお見せするんですけどね。手で押さえたところで、無駄ですから」

「や、やめろ、下郎——」

「切り替えの時間ですよ」

――バチィィン。

「オギャアアアアアアアアアアアアアアアアアアアアアアアアア!!　オギャアア!!」

キングベイビー、爆誕。

「おー、よちよち。こんな衆人環視の中で赤ちゃんになるなんて、立派でちゅねー」

そしてそれは、全てに終わりを告げる咆哮《ほうこう》であった。

ヴェンタリリスが、でけぇ赤ん坊と化したゼックス王をあやしつける。その地獄のような光景を、兵士達《たち》はまざまざと見せ付けられ、同時にアーデルモーデルがしっかりと撮影していた。

「いやこれ赤ちゃんプレイじゃねえか!!　小生の目指すそれと違う!!」

「でも撮影は続けてるんですねえ」

「――赤ちゃんプレイが嫌いな男などおらん。それもまた小生の持論である」

「どんな持論だよ……痛っ」

「おお、ユージンくん。ご無事でしたか」

少し顔に切り傷を負ったユージンが、『文』を肩に乗せながら帰還する。『文』にはべっとりと血糊《ちのり》が付着していた。

「取《と》り敢《あ》えず二人ばかり殺《や》っといたわ。遅れてすまん」

　案の定カグヤはやられたらしく、その分ユージンが頑張ったようである。一応相手の命までは奪っていないようだが、実質ゴリラのこの男がどこまで手加減出来たのかは定《さだ》かではない。

「賢勇者殿。万事問題無く終わり申した」

「ハマやん氏！　ああっ、《救水《すくみず》》に傷が……！」

「ハッハ、気にすることなかれ。名誉の負傷に過ぎぬ故」

「いえ、今度新しい中古品をお贈りしますよ」

「なれば、是非サヨナ氏の中古品でお願い致す」

「危ねえ会話してんな、お前ら……」

　これで四転聖《してんせい》は全員倒したことになる。もっとも、相手の首魁《しゅかい》であるゼックス王が大絶賛乳幼児退行中なので、倒しきれなかったとしてもこちらの勝ちは揺るがないだろうが。

〒102-8584
東京都　千代田区富士見《ふじみ》　1-8-19
電撃　庫編集部

「返却受付窓口係」


「おっと、そうでした。ユージンくん、『文』を返して頂けますかね？」

「言われなくても返すって。でも意外と使い心地は良かったよ。売れるんじゃやね？」

「ほほう。遂《つい》に本作グッズ化の兆《きざ》しが見えてきた、というわけですねえ」

「仮にグッズ化したとして、誰が『文』だけ買うんだよ……。学校関係者ぐらいじゃねえのか」

血でまみれている『文』を受け取ったシコルスキは、例のアレにカポッとはめ込む。

〒102-8584
東京都　千代田区富士見《ふじみ》　1-8-19
電文撃庫編集部
「医療事故係」

「ちゃんと戻してやれよ!!」

「手が滑りました。まあ自分で元に戻すでしょうし、放っておきます」

「そもそもコイツ喋《しゃべ》る度に8行消費するわ、ちょっとウィットに富んだコミュニケーション取ってくるわで、マジで何なんだ……」

「マスコットキャラクターですよ。さて、あらかた片付きましたかね」

兵士はまだ多数残っているが、圧倒的な戦闘力を持つ彼らに挑みかかる気骨を持った者は、ただの一人として存在しない。響き渡るのは、ベイビーがオギャる声と、それを中々の演技力でバブらせる復讐者《ふくしゅうしゃ》の声のみだった。

「オッパ、オッパオォオオォ！」

「当店はお触り禁止でーす」

ガチビンタをキングベイビーに叩《たた》き込《こ》み、ヴェンタリリスが静かに告げる。そもそも与えるだけの胸が無いだろうと、シコルスキとユージンは思ったが、空気を読んで黙っておいた。

「……ゼックス王の意外な側面だよな、マジで」

「人間誰しも、大きな闇を抱えているものです。もし、彼が僕を召し抱えたいというものではなく、この性癖についての依頼をして来たのなら、また違った未来があったのでしょうが――」

「オー、メッチャヤヤッテンナ」

感心したような声を出しながら、褐色肌のメイドがヴェンタリリスと王の側に立っていた。

「あなたは……あの夜の」

「オメー、素質アルッテ思ッタケド、ナンツーカ顔モ『ますたー』ニソックリダワ」

「マスター？　誰ですか、それ？」

「ウチラヨリモ、コノキングベイビーヲ甘ヤカスノガ、ガチノマジデクッソ上手ダッタラシイ、イワユル『れじぇんど』ノコトダゾ。オメー、写真デ見タ、ソノ人ニ似テル」

「それって――」

「デモ、『ますたー』ハコノ道ヲ極メルタメニ、コノキングベイビーヲポイシテ、ドッカニ行ッチマッタラシイ。詳シーコトハ知ンネェ。マァ、元気デヤッテンジャネ？」

もっと言うと、そのマスターの名前も、このメイドは知らないという。

確信を得たわけではない。だが、それはヴェンタリリスにとって、一つの希望となった。

「――ありがとうございます。メイドさん」

「ン？　ヨクワカンネーケド、イーッテコトヨ。ホレ、代ワッテヤラァ。オメーモソロソロ、家ニ帰リヤガレッテンダ。フクシューハ、済ンダロ？」

「そう……ですね。良《い》い絵は撮れましたか、アーデルモーデルさん？」

「それなりであるな。小生はあるがままを撮ったに過ぎん」

「ありがとうございます。じゃあ――」

もう、ここに用はない。正確に言うならば、自分はもう居なくてもいい。

ヴェンタリリスは、空間転移魔法を行使しようとした。彼女が出来るのは、手で持てる程の大きさの物体を、遠方から喚《よ》ぶ程度である。人間を喚《よ》ぶことはおろか、自身を他の場所に移動させるなど、やったこともない。半端《はんぱ》な実力で転移した場合、とんでもないところに移動してしまうことがある。見知らぬ土地ならばまだマシな方で、海中や地中に現れた場合、待っているのは死だけである。

なのでこれは、彼女なりのけじめの付け方だったのかもしれない。

「――さて、それじゃあ帰りましょうか。我々の家へ」

だが、師であるこの男は、弟子の頭にポンっと手を置いて、魔法を搔《か》き消《け》した。

「下らねえこと考えてそうな顔だが、このまま黙って消えようなんざ、逆に虫がいい話だ。消えたきゃ勝手にすりゃいいが、それはコルと話をしてからにしろ」

「でも……」

「今は何も言わなくていいです。最後に選ぶのは、結局君なので」

〒102-8584
東京都　千代田区富士見《ふじみ》　1-8-19
電文撃庫編集部

「すぐ病院行きたいから早く乗れ係」

「やっぱ自分で戻せねえ感じだぞ……」

負傷した例のアレに無理矢理乗せられ、ヴェンタリリス達《たち》は闘技場より飛び去った。

魔王やら変態やら会長やらは放置していくが、まあ各々《おのおの》自力で何とかするだろう。

シコルスキは懐《ふところ》に残った最後の《無効券《ニップレス》》を放り投げようとしたが、やめておいた——

《最終話　終》

エピローグ

Great Quest
For
The Brave-Genius
Sikorski Zeelife

まあ、なんつーか、あれから色々あったわけだが。

最後の最後に、あの馬鹿師弟の物語は、友人である俺の目線で締《し》め括《くく》ることにする。

何でだ、って訊《き》かれたら、それはそれで返答に困る。俺が一番あの二人とよく絡《から》んでたし、けどそれでいてあいつらのことをあんまり理解してなかったし、つまるところよく分からねえって部分を、俺が自分の口から誰かしらに言いたいだけなのかもしれん。

「ラ、ラ、ライエンドーッ‼　いやらしき触手の魔の手が小生へ伸びてきてるーッ‼」

今、俺は《欲望の樹海》を、社会復帰中のアデルと一緒に進んでいる。コイツを数値化することに果たして意味があるのかは不明だが、いわゆるレベル1の雑魚《ざこ》であるアデルと樹海に来たら、当然俺の負担は増える。まあ、そこは仕方ない。連れ回しているのは俺だし。

「触手ぐらいで焦《あせ》んなって。触手が森に居るのは当然だろ」

「割とニッチなドスケベファンタジー的思考であろうがそれは‼　おらんわ普通‼」

「ガタガタ抜かすと助けてやんねえぞ」

「イヤアアアアアアア!! ゴメンナシャイイイイイ!!」

一人なら数時間あれば樹海を抜けることが出来るんだが、コイツと一緒だと多分、数日掛けても抜けられるか怪しい。最悪、気絶させて荷物扱いして運べば、ペースアップになるだろう。

しかし——街だと対人恐怖症で騒ぐわ、森だと魔物やら動物相手に騒ぐわ、この世界にコイツの生きられる場所は存在しないんじゃないか。自宅の部屋以外で。

「しばらく会ってなかったし、元気にしてたらいいんだけどな」

「その前に眼前の小生の元気を心配すべきじゃね!? ほらここ擦《す》り剝《む》いてる!!」

「腕の一本ぐらい持って行かれてから騒げよ」

「騒ぐ以前に死ぬわ!!」

あそこに着くまで、その後の色々な顚末《てんまつ》を語っておくことにする。

まず、ゼックス王についてだが、俺達《おれたち》に報復措置やそれに準ずる行為はして来なかった。少なくとも現状は、って但し書きが前にあるけど。どうもレオステップ王国自体が、最近勢いを失っているらしい。しかし一方で、ゼックス王自身は何やら充実しているという噂《うわさ》だ。

あの一件で何かが吹っ切れたのかもしれないが……そこら辺は俺には分からない。

次に異界の水着を着たやべーオッサンだが、今もこの世界を放浪している。行商人として各地を渡り歩くと、あのオッサンについての噂話《うわさばなし》が嫌でも聞こえてくる。どうも人助けを行っているらしいが、格好が格好なので新種の魔物やら化け物やら、国によっては神や仏扱いされている。旅人達《たち》の間では、あのバチィインという音は、自分達《じぶんたち》の安全を保証する神秘の音だと囁《ささや》かれているみたいだ。でも俺は蜂の羽音よりも危険な音だと思う。

俺を変態扱いしている無礼な魔王については、実は一番詳しいことが分かっていない。何だかんだで、あいつは表舞台にまだ立っておらず、今も力を蓄えている最中なんだろう。部下が集まっているかどうか、詳細不明ではあるが……多分集まってないと俺は考えている。

ともかく、再び魔王の脅威がこの世界に現れるのは、当分先の話になりそうだ。

シリゆる会という邪教については、無論俺も知っている。直接的な関わりは無いが、今も各地で騒ぎを起こしているらしい。何がそこまで彼らを駆り立てるのか、残念ながら俺には推し量ることが不可能である。

因《ちな》みに、シリゆる会の会長については、謎の美少女が追い掛け回して何度も剣で斬り裂いているが、その度に会長が復活して逃げ出しているそうだ。何を言っているか分からんと思うが、俺も何が起こっているのか全く分からん。触れない方がいいということだけは分かるけど。

「ほれ、キリキリ歩け。もうすぐ着くぞ」

「ハァー……ッ……ヴァー……ッ……」

前方では見慣れた家が、草原の中に佇《たたず》んでいる。

樹海の果てにある草原には、賢勇者が隠れ住んでいるという一軒家があるらしい。

そんな噂話《うわさばなし》は、俺の努力もあって今や結構広まっている。ある程度知名度がないと、賢勇者といえどもおまんまの食い上げって状態になるからだ。

なので、旅すがら俺はこっそりこの話を、顧客になりそうな奴《やつ》らに話してやるのだ。その分、俺はタダで賢勇者に依頼をすることが可能だったりする。

賢勇者の基本的な理念は、本来救う側の人間を救う、という若干捻《ひね》くれたものである。そもそも、樹海を抜けてここに辿《たど》り着《つ》ける人間が非常に少ないので、必然的にここに来る人間は名高い実力者であることが多い。そういう意味では、樹海を選別に利用しているのかもしれない。

この前の一件も、結局のところは師匠と弟子の話であると同時に、亡国の姫という救う側の人間を、賢勇者が救っていた――という構図だった。俺は賢勇者と付き合いが長いが、あいつが何を考えているのかは、ぶっちゃけ全然読めない。何でもかんでも見抜いているのかもしれないし、そういう風に振る舞っているだけで、実は当意即妙に物事へ対応するのが上手《うま》いだけなのかもしれない。まあ、いずれにせよ、ぶん殴りたくなるようなヤツってことだけど。

「着いたら……家に帰してくれるという話……守れよ……」

「ああ。ちゃんと帰してやるさ。徒歩でだけどな」

「おぼろろろろろ」

吐きやがった、コイツ……。魔法か何かで送ってもらえるとでも思っていたのか。甘いわ。

アデルを引きずりながら、俺はようやく賢勇者の家へと辿《たど》り着《つ》く。軽くノックをし、返事を待たずに上がり込む。多少の無礼は気にしない。そのくらいの間柄だ。

家に入ると、応接室の方から何やら声が聞こえて来た。

「お尻の穴にモノを挿《い》れるのって……素敵なことだと思いませんか？」

「…………」

「ああ、返事は言わずとも分かります。それで、今回の依頼なのですが――」

そう言えば、もう一つ賢勇者についての話があったりする。

これに関して俺は一切何も言ってないし、誰がそう呼んだのかも知らない。もしかすると、あいつのやり方がそういう噂《うわさ》を作り上げたのかもしれん。

「――このボクのお尻の穴にジャァァァーストフィィイット！　するような何かを！　偉大なる賢勇者様に探して頂きたいのですよぉ！　因《ちな》みに今は採れたてのおナスがインしてます！」

何故《なぜ》かは分からないが――この家に来る依頼人の大多数が、いわゆる変態なのである。

そして、今やここは、変態の集積地とか言われているらしい。誰が呼んだんだ、マジで。当たってんじゃねえかと言いたい。

「ライエンド様……小生水飲みたい……」

「あーはいはい。取り込み中みたいだし、勝手に寛《くつろ》いでおくか」

その辺りにアデルを放り投げた俺は、炊事場の方へと向かう。

……今この家に住んでいるのは、賢勇者ただ一人だ。師匠と弟子が住んでいたってのは、もう随分と過去の話。っても、あいつらのエピソードについては無数にあるし、その過去の話を掘り返すだけで日が暮れちまうだろう。

俺は職業柄、場合によっちゃ情報って商品も取り扱う。その中で、かつてのインゲイル聖王国についての情報を手に入れた。っつーか、手に入れてくれと頼まれた。

要は、家族想《おも》いで無謀で生意気な姫様へ、どっかで生きてるであろう『姉』の話をしてやり――そして、そいつは一直線に飛び出していったってわけだ。大した情報ではなかったし、会えるという保証は全くない。何より、生きてるだけで8行使う謎の生き物に乗って、俺達《おれたち》の前から旅立つ様は、俺の生涯の中でも相当にシュールな場面だった。

……それでも、あの弟子は迷いなく、師匠と同じく自由に身勝手に、駆け出した。

なので俺としては、もう二度と姫様はここへ戻って来ないと考えていたんだが――

「――お断りします！」

「ダメですよ。お客人に失礼なことを言っては――」

――どうも、そうではなかったらしい。アイツの家の居心地が良かったのか、それとも他の事情があるのか、つーかちゃんと会えたのか、そこは分からん。

ま、その辺りの話は、この後直接訊《き》いたらいいか。

……ああ、そういうわけで、訂正する必要があるな。

今もこの家に住んでいるのは、いつものあの二人。

つまり、俺らが今日何しに来たかって言うと、その馬鹿師弟コンビの復活祝いである。

「アデル！　水じゃなくて何か虹色の液体しか無いんだけど！　それでいいか？」

「人に飲ませていいヤツじゃないであろうそれは……やめて……」

とは言っているが、飲ませたらアデルは面白い反応しそうだし、飲ませてみるか。

さて、話は変わるが俺の持論の話をする。意外と俺は「分からない」って部分に神秘性を感じるのだ。なので結構俺も、分からないという言葉を多用する。

分からないってことは、考える余地があるってことで、そしてそこには無限の想像と可能性が広がる。って言うと、何だか悪くないと思わないか。

まあ、あくまで俺の持論であり、それで納得してくれるヤツはそう多くない。つーか言われた側からすれば、むかっ腹が立つだろう。

なので、最後に俺から言えることは、一つだけだ。

「まずはダイコン辺りから試しますか。じゃあ挿入係は任せましたよ」

「嫌ですけど⁉」

ここから先は、あいつら馬鹿師弟の未来の話。
果たして何が起こるのか。確かなことは、何も分かっちゃいない——

《おしまい》

《あとがき》

初めまして。有象利路《うぞうとしみち》と申します。この度は拙著を手に取って頂き、まことにありがとうございます。ここまで読んだ方には感謝を、ここから読む方には楽しんで頂ければと思います。

本作は私の中で通算二冊目となる作品であり、そして全部読んだ方はご理解頂けたでしょう。何と本作は前作と作風が真逆になっています。果たして私に何があったのでしょうかね……。

そもそもの話、私はギャグというジャンルで小説を書いたことがなく、改めて今作でチャレンジした結果、その難しさと奥深さに頭を抱えました。笑いというものは水物であり、その琴線が個々人の感性に大きく左右されます。それを最大公約数的に揺さぶるのか、それとも狭い所を突くのか、とにかく計算と試行と反省の繰り返しでした。そんな苦しい思いしは別に、本編は終始明るいアレなノリなので、作者の心だけが泣くジャンルなのだと理解しました。

とはいえ私の創作時の苦労など、全くもってどうでもいいことです。読者の皆様がこの作品を読んで少しでも笑ったり、ニヤついたり、楽しい気分になってくれたりしたら、それが作者として一番嬉《うれ》しく、本望であると思っています。

本編についてはネタバレを避けたいので、あまり語ることがありません。ただ、この一冊に出来る限りのネタを全て詰めました。結果として、何でもありのバーリトゥード系ギャグファンタジー的な作品に仕上がったように見えます。誰もやらないこと、やるべきではないこと、やってはならないこと、そういう垣根をあえて踏み越えた部分を注目してもらえれば……。(デメリットの方が多いので、これからギャグ小説を書きたいという方は真似《まね》しないで下さい)

最後は謝辞を。本編で弄《いじ》っても苦笑で許してくれた担当編集の阿南《あなん》さんと土屋《つちや》さん(反省してます)、男女比のおかしい本作に、素晴らしいキャラクターを沿えて下さったかれい先生(経歴に瑕《きず》が付いたらすいません)、全く無関係なのにネタにしてしまったうまくち醤油《しょうゆ》先生(ごめんなさい)、他にも作中で弄《いじ》ってしまった様々な企業・団体・個人様へ、この場を借りてお詫《わ》び申し上げます。(苦情は電撃文庫編集部へ……)

また、本作の下読みに付き合ってくれた友人の細野《ほその》くんと池内《いけうち》くんと岡本《おかもと》くん、後輩三人組達《たち》、何より最後まで読んで頂いた読者の皆様に、最大限の感謝とお礼を申し上げます。

本作も例によって読み切りとして作っているので、現段階で続きは白紙ですが、作中でも触れているように私が勝手にウェブで短編を作るかもしれません。その辺りの告知含めてツイッターをやっていますので、良かったらフォローして下さい。(露骨な宣伝)

では、ここまでご一読頂き、本当にありがとうございました。機会があれば、また是非。

有象《うぞう》　利路《としみち》

◉有象利路著作リスト

「ぼくたちの青春は覇権を取れない。 ―昇陽高校アニメーション研究部・活動録―」（電撃文庫）
「賢勇者シコルスキ・ジーライフの大いなる探究 ～愛弟子サヨナのわくわく冒険ランド～」（同）

本書に対するご意見、ご感想をお寄せください。

電撃文庫公式ホームページ 読者アンケートフォーム
https://dengekibunko.jp/
※メニューの「読者アンケート」よりお進みください。

ファンレターあて先
〒102-8584　東京都千代田区富士見1-8-19
電撃文庫編集部
「有象利路先生」係
「かれい先生」係

本書は書き下ろしです。

電撃文庫

賢勇者《けんゆうしゃ》シコルスキ・ジーライフの大《おお》いなる探究《たんきゅう》
～愛弟子《まなでし》サヨナのわくわく冒険《ぼうけん》ランド～

有象利路《うぞうとしみち》

◆◇◇

2019年6月8日　初版発行
2025年1月15日　4版発行

発行者　山下直久
発行　株式会社KADOKAWA
〒102-8177　東京都千代田区富士見2-13-3
0570-002-301（ナビダイヤル）
装丁者　荻窪裕司（META＋MANIERA）
印刷　株式会社KADOKAWA
製本　株式会社KADOKAWA

ISBN978-4-04-912456-9　C0193　Printed in Japan

電撃文庫　https://dengekibunko.jp/

電撃文庫創刊に際して

文庫は、我が国にとどまらず、世界の書籍の流れのなかで〝小さな巨人〟としての地位を築いてきた。古今東西の名著を、廉価で手に入りやすい形で提供してきたからこそ、人は文庫を自分の師として、また青春の想い出として、語りついできたのである。

その源を、文化的にはドイツのレクラム文庫に求めるにせよ、規模の上でイギリスのペンギンブックスに求めるにせよ、いま文庫は知識人の層の多様化に従って、ますますその意義を大きくしていると言ってよい。

文庫出版の意味するものは、激動の現代のみならず将来にわたって、大きくなることはあっても、小さくなることはないだろう。

「電撃文庫」は、そのように多様化した対象に応え、歴史に耐えうる作品を収録するのはもちろん、新しい世紀を迎えるにあたって、既成の枠をこえる新鮮で強烈なアイ・オープナーたりたい。

その特異さ故に、この存在は、かつて文庫がはじめて出版世界に登場したときと、同じ戸惑いを読書人に与えるかもしれない。

しかし、〈Changing Times,Changing Publishing〉時代は変わって、出版も変わる。時を重ねるなかで、精神の糧として、心の一隅を占めるものとして、次なる文化の担い手の若者たちに確かな評価を得られると信じて、ここに「電撃文庫」を出版する。

1993年6月10日
角川歴彦

世界最強の吸血鬼に迫る、
新たな誘惑と〝終焉〟への
カウントダウン！
三雲岳斗
イラスト／マニャ子
ますます盛り上がる、
新章・終焉篇に刮目せよ!!
ストライク・ザ・ブラッド
STRIKE THE BLOOD
聖殲《せいせん》の祭壇である絃神島を手に入れるため、集結する三体の真祖たち。
そして復活した〝十二番目〟のアヴローラ。
〝第四真祖〟暁古城と〝監視役〟姫柊雪菜は、〝領主選争〟で分断された
絃神島を救えるのか？
最新20巻好評発売中!!
電撃文庫

安達としまむら
昨日、しまむらと私が
キスをする夢を見た。
体育館の二階。ここが私たちのお決まりの場所だ。
今は授業中。当然、こんなとこで授業なんかやっていない。
ここで、私としまむらは友達になった。
日常を過ごす、女子高生な二人。
その関係が、少しだけ変わる日。
入間人間 イラスト／のん
電撃文庫

空と海に囲まれた町で、
僕と彼女の
恋にまつわる物語が
始まる。
青春ブタ野郎
シリーズ
鴨志田一
イラスト●溝口ケージ
図書館で遭遇した野生のバニーガールは、高校の上級生にして活動休止中の
人気タレント桜島麻衣先輩でした。『さくら荘のペットな彼女』の名コンビが贈る、
フツーな僕らのフシギ系青春ストーリー。
電撃文庫

SWORD ART ONLINE
ソードアートオンライン
川原礫
イラスト／abec
「これは、ゲームであっても遊びではない」
《黒の剣士》キリトの活躍を描く
究極のヒロイック・サーガ!
電撃文庫